JN029438

京都たのしい源氏物語さんぽ

朝日新聞出版

『源氏絵鑑帖』巻八 花宴
（宇治市源氏物語ミュージアム蔵）より

CONTENTS

巻頭特集

たのしく知りたい！

源氏物語のいろは

おさんぽコース15

紫式部＆源氏物語の世界へトリップ！

本書をご利用の前に必ずお読みください

●本書に掲載したデータは2023年12月～2024年1月に確認した情報です。拝観不可、開催中止、臨時休業などの場合があります。また、掲載店舗の営業日、営業時間の変更などがあること、ご了承ください。

●社寺の拝観時間は、原則として開門～受付終了時間を記載しています。
店舗の営業時間は、開店～閉店時間（LOはラストオーダーの時間）を記載しています。

●定休日は、原則として年末年始、お盆、臨時休業などを除いた定休日のみを記載しています。

●料金は、原則として取材時点での税率をもとにした消費税込みの料金です。

●拝観や施設利用に料金がかかる場合は、大人料金のみ記載しています。

●原則として通常時の定休日や拝観時間、営業時間を記載しています。

●本書出版後、料金・時間・定休日・メニューなどの内容が変更になる場合があります。
ご利用の際は事前にご確認ください。

●本書に掲載された内容による損害等は弊社では補償しかねますので、あらかじめご了承ください。

COLUMN

巻末

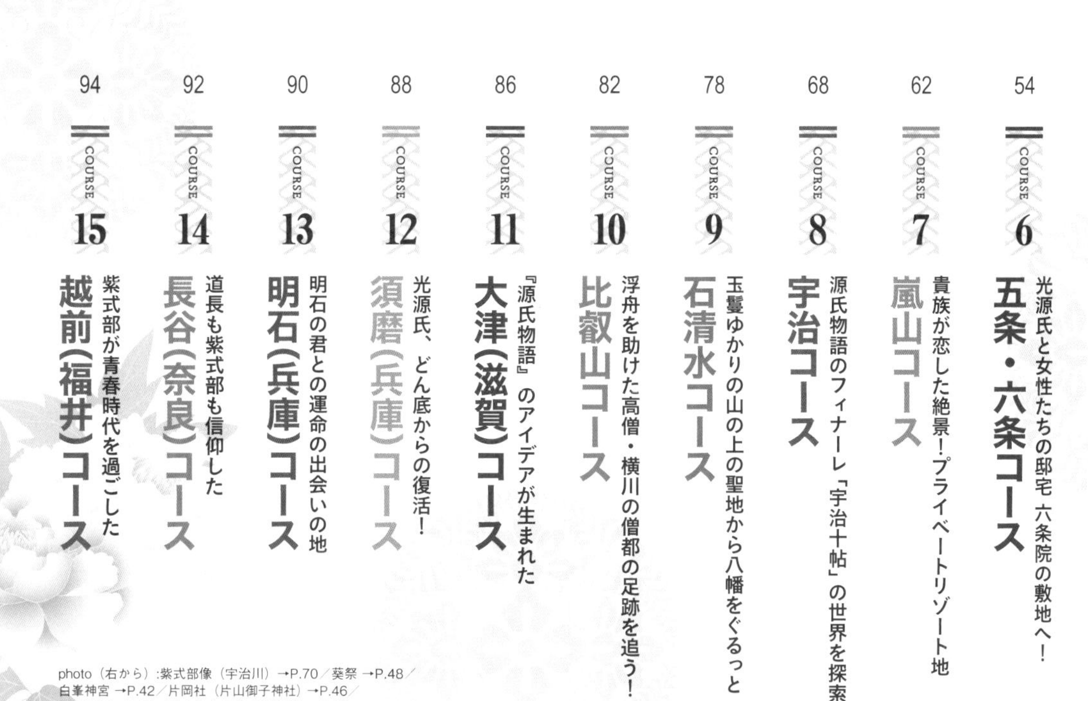

photo（右から）:紫式部像（宇治川）→P.70／葵祭 →P.48／
白峯神宮 →P.42／片岡社（片山御子神社）→P.46／
平安神宮 →P.30／千本ゑんま堂（引接寺）→P.42
帯肖像画：土佐光起筆「紫式部図」石山寺所蔵

地図記号

- 観光案内所
- 観光・見る
- 買う
- ホテル
- 錦市場 ランドマーク
- 柳の木が立ち並び、緩やかに川が流れる 注釈
- 吉田兼好ゆかりの地で、境内に墓と石碑が建つ 歴史に関する注釈
- 世界遺産 世界遺産
- 国宝 重要文化財 登録有形文化財 国指定文化財
- 五条通 街道
- 大映通り商店街 商店街・横丁
- 公園
- 緑地
- 堀川御池 信号・交差点名

日本料理	懐石、割烹、おばんざい、寿司、天ぷら、うなぎ、すき焼き、しゃぶしゃぶ、焼鳥、おでん、釜飯、とんかつ、活魚料理、郷土料理、その他和食
外国料理	洋食、フレンチ、イタリアン、中華料理、韓国料理、その他外国料理
カフェ	カフェ、喫茶店、茶店
軽食	そば、うどん、ラーメン、丼物
居酒屋・バー	居酒屋、バー
その他料理	その他の料理

景観重要建築物　桜スポット　紅葉スポット

博物館　美術館　映画館　劇場・ホール　歴史建造物　府庁　市役所　区役所　警察署　消防署

郵便局　名所　寺院　神社　学校　病院　駅　バス停留所　税務署　教会

工場　発電所　変電所　銀行　書店　銭湯・立ち寄り湯　碑　像　祭　人力車

たのしく知りたい!

源氏物語のいろは

The basics of
The tale of GENJI

Genji sanpo
opening special feature

平安時代生まれの『源氏物語』は、1000年以上経った今もなおファンが増加中の長編物語！物語のキホンと作者・紫式部について、京都を散策する前に知っておこう。

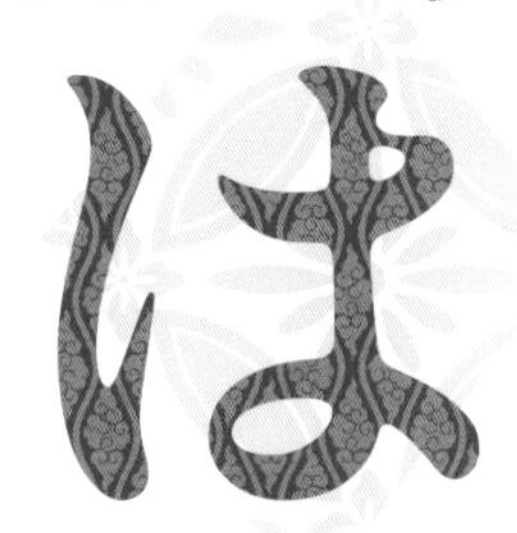

いろはを先生に聞きました!

宇治市源氏物語ミュージアム
館長 家塚智子さん

千葉県生まれ。奈良女子大学大学院人間文化研究科博士後期課程修了。専門は日本中世史、日本文化史。2021年に宇治市源氏物語ミュージアム館長に。同館で源氏物語の入門講座の講師なども務める。

いま知りたい!

2024年 大河ドラマの主人公

紫式部ってこんな人!

2024年の大河ドラマの主人公であり、1000年以上超有名人の紫式部。なぜそんなに有名なの？どんな人だった？そんな疑問に答えるべく、人物像に迫る！

Q 何をした人?

A・長編物語『源氏物語』を書き上げた女性作家です。

紫式部は平安時代中期の女性貴族で、全54帖の『源氏物語』を執筆しました。西暦1000年頃、時の権力者だった藤原道長の娘・彰子に仕える女房として、宮中に出仕しました。彰子は一条天皇の中宮（皇后と同格、身分の高いキサキ）です。紫式部はもともと教養が豊かな人でしたが、女房として宮中生活を送るうちに知識やセンスをさらに磨き上げ、その結果『源氏物語』を完成させたのでしょう。

写真提供：(公社) びわこビジターズビューロー

紫式部が物語の構想を練ったという石山寺(→P.87)

現在の紫野、大徳寺真珠庵(→P.40)あたりで生まれた説もある

Q どんな家で生まれ育った?

A・生まれは京都の紫野。藤原氏のお姫様です。

紫式部は、天皇家や藤原道長などと比べると身分は高くありませんが、藤原氏の生まれです。ひと言でいうと中流貴族。紫式部の父・為時は受領階級で、場合によっては京都を離れて各国で実務を担当する、今でいう知事クラスの役人でした。紫式部は当初宮中で「藤式部」と呼ばれていましたが、これは家の姓「藤原」と、父の勤め先だった「式部省」が由来。実家は代々漢詩文に長けていて、紫式部も幼少期から漢籍に触れる機会が多かったようです。

Q どんな性格だった？

A・クレバーで、かなり観察眼の鋭い人。

まず言えるのが、ものすごく賢い人！ということですね。光源氏をはじめ個性豊かなキャラクターたちを見てもわかるとおり、人物観察眼が研ぎ澄まされています。近くにいるとすべて見透かされてしまいそうなので、正直なところあまり友達にはなりたくないかも？とも思います(笑)。でも、周囲と比べてあまりにも賢いがゆえに、実は孤独な人だったのかもしれません。孤独の裏返しで筆が走ったのかもしれない…と、想像が膨らみますね。

紫式部が参拝したという上賀茂神社の片岡社（↓P.46）。和歌があしらわれた絵馬を奉納したい

土佐光起筆「紫式部図」石山寺所蔵

履 歴 書

ふりがな むらさきしきぶ（とうのしきぶ） 氏名 紫式部（藤式部）	生年月日 970（天禄元）年頃 ？月？日生	性別 女性
	電話 持っていません（連絡手段は主に和歌）	

ふりがな ろざんじふきん（むらさきしきぶていたくあと） 現住所 廬山寺付近（紫式部邸宅址）	ふりがな 連絡先 〒 （現住所以外に連絡を希望する場合のみ記入）

年	年齢	人生のできごと ※諸説があります。
970（天禄元）年頃	0歳	京都の紫野（雲林院や大徳寺真珠庵付近）で誕生。
996（長徳2）年	27歳頃	父・為時が越前国の長官・受領に任命。紫式部も同行。
998（長徳4）年	29歳頃	京都へ戻る。20歳以上年上の藤原宣孝と結婚。
999（長保元）年	30歳頃	長女・賢子（大弐三位）誕生。
1001（長保3）年	32歳頃	夫・宣孝と死別。『源氏物語』の執筆をスタート。
1005（寛弘2）年	36歳頃	一条天皇の中宮（藤原道長の長女）彰子に仕えるため宮中へ。
1006（寛弘3）年	37歳頃	宮中の対人関係に疲れて里帰りしたり、復帰したり。
1008（寛弘5）年	39歳頃	**『源氏物語』が貴族の間で大ブームに！**
1010（寛弘7）年	41歳頃	『源氏物語』が完結。『紫式部日記』を書きはじめる。
1013（長和2）年	44歳頃	宮中の仕事を引退。
1019（寛仁3）年	50歳頃	死去。紫野の旧雲林院境内地に眠る。

自己PR

私は学者の家系に生まれ、幼い頃から和歌や漢籍に親しんできました。
目立ったり、知識をひけらかしたりするのは苦手ですが、彰子様の家庭教師として宮中へ出仕することに…。人間関係には気を遣いましたが、おかげさまで見聞が広がりました。

長所

- 人物観察眼が鋭い
- 継続は力なり！粘り強い
- 教養が豊か

源氏物語のいろは たのしく知りたい！

ロマンあふれる！

ろ 紫式部が生きたのはこんな時代！

2024年大河ドラマの舞台となる

紫式部が活躍した時代は華やかで、十二単や和歌などの文化が花開いた！藤原氏の全盛期だった当時について、平安京、和歌などのキーワードで深掘りしよう。

『源氏物語』でも印象的な蹴鞠。写真は白峯神宮（→P.42）

Q 源氏物語が成立したのはいつ？

A．今から1016年前。1023～貴族文化の絶頂期！

『源氏物語』が成立したのは、西暦1008年頃と考えられています。リアルタイムで物語を追っていた当時の貴族たちとしては、続きが読みたくてたまらなかったはず！『紫式部日記』には、道長が娘たちのために紫式部の局（部屋）から物語の草稿を持ち出すエピソードも。また、一条天皇や藤原公任（きんとう）も読者だったことがわかります。少しあとの時代の菅原孝標女（すがわらのたかすえのむすめ）が物語の大ファンだったことは有名ですし、鎌倉時代以降は武家の教養の基本としても読まれました。

Q 平安時代ってどんな時代？

A．藤原氏の全盛期も武士の台頭もあるなが～い時代。

平安時代は平安京に都が置かれた794（延暦13）年から始まり、紫式部が生きた西暦1000年前後はちょうど摂関政治が完成する絶頂期。政治的には安定していますが、完成したがゆえにこれまでの社会秩序に綻びが生まれます。例えば、末法思想の広まりとともに人々は現世ではなく来世に期待をするようになり、その結果建てられたのが宇治の平等院です。京都の周囲では戦が始まり、武士が力を増し…と、徐々に時代が変化していきます。

石山寺（→P.87）の境内にある紫式部像
写真提供：（公社）びわこビジターズビューロー

紫式部が気になったらこちらも注目

2024年 大河ドラマ「光る君へ」

主人公は「まひろ」と呼ばれる紫式部（吉高由里子）で、平安時代に、千年の時を超えるベストセラー『源氏物語』を書き上げた女性。ドラマでは、主人公が藤原道長（柄本佑）への思い、そして秘めた情熱とたぐいまれな想像力で、光源氏＝光る君のストーリーを紡いでいく姿が描かれる。変わりゆく世を、変わらぬ愛を胸に生きていく姿に注目を！

【キャスト】吉高由里子、柄本佑、黒木華、井浦新、吉田羊、ユースケ・サンタマリア、佐々木蔵之介、岸谷五朗、段田安則
【作】大石静

[総合] 日曜 午後8時 ／ 再放送 翌週土曜 午後1時05分
[BS・BSP4K] 日曜 午後6時
[BSP4K] 日曜 午後0時15分

写真提供／NHK

もっと深掘り平安時代！

平安貴族を知る KEYWORD

FUKABORI HEIAN

平安京

794（延暦13）年、桓武天皇が長岡京から遷都したことに始まる。中国の都にならって碁盤の目状の都市区画が施行され（条坊制）、そのセンターに政治の中心地・大内裏が築かれた

大極殿跡（→P.35）

平等院鳳凰堂
ⓒ平等院

藤原氏

奈良時代に中臣鎌足が天智天皇から「藤原」の姓を賜ったのが起源。藤原不比等が興した南家、北家、式家、京家のうち北家が特に繁栄！娘を天皇に嫁がせて外戚となり、摂政・関白を独占した

片岡社の絵馬

ほととぎす
声まつほどは片岡の
もりのしづくに
立ちやぬれまし

和歌

平安貴族の恋には和歌が欠かせず、『源氏物語』にはなんと795首もの和歌がある。紫式部自身も生涯多くの和歌を詠み、片岡社（→P.46）では恋人を待つ歌を残している（『新古今和歌集』巻第三 夏歌）

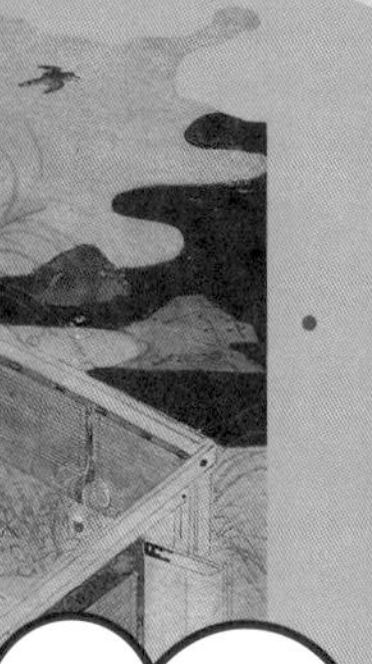

『源氏絵鑑帖』
巻十一 花散里
（宇治市源氏物語ミュージアム蔵）

物語

平安時代には、『竹取物語』『伊勢物語』など多彩な物語が誕生！『竹取物語』は、『源氏物語』の中でも「物語の出で来はじめの祖なる竹取の翁」と表現され、有名な物語だったそう

寝殿造

平安時代の貴族の住宅様式。邸宅の主人の住居である寝殿を中心に、東・西・北に対屋（たいのや）があるのが一般的。室内はフローリングで、畳や室内を仕切る几帳・障子などが配置されていた

六条院模型
（宇治市源氏物語ミュージアム蔵）

通い婚

平安時代の結婚は男性が女性の家に通う「通い婚」がメイン。男性が噂で聞いたり垣間見たりした女性に手紙を送り、顔を知らない状態で関係を育む。恋愛も同じで、男性は夜明け前に帰宅した

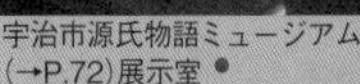

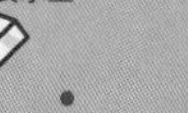

宇治市源氏物語ミュージアム（→P.72）展示室

源氏物語のいろは

たのしく知りたい！

Q 紫式部はなぜ源氏物語を書いた？

A．最初は短編？ 夫を失った悲しみが生んだ！

夫・宣孝を亡くした悲しみを慰めるべく書いたといわれています。最初は帚木、空蝉、夕顔あたりの短い話を書き、それが時の権力者の道長の目にとまってスカウトへ。紙や墨、筆が貴重な時代、道長の経済的バックアップによって物語が長編化したといわれています。

Q 紫式部の職場環境が知りたい！

A．一条天皇、彰子、道長と、周囲に時代のスタｰがいっぱい！

紫式部が仕えた彰子の周りには、和泉式部、赤染衛門など受領階級出身の女性が集まっていました。教養のある女房たちの切磋琢磨の結果生まれたのが、『源氏物語』や優れた和歌。小倉百人一首に同時代の女性の和歌が多いのも、そういう特別な時代背景が理由だと思います。

紫式部の家族

藤原為時（ふじわらのためとき）（父）
漢詩人として名高く、『本朝麗藻』などにも作品が残る。淡路守に任じられた際に詠んだ漢詩に一条天皇が感動し、大国の越前守に変更になったという話もある

藤原惟規（ふじわらののぶのり）（弟）
若い頃から役人として活躍し、のちに父とともに赴任した越後で死去。『紫式部日記』には、紫式部と一緒に父から漢詩を学んだ話が出てくる

藤原宣孝（ふじわらののぶたか）（夫）
紫式部の年の離れた結婚相手であり、筑前守、山城守などを務めた役人。紫式部との結婚生活は3年ほどで、宣孝は疫病にかかって亡くなってしまった

賢子（けんし／かたこ）【大弐三位】（だいにのさんみ）（娘）
紫式部と藤原宣孝の娘。のちに親仁親王（後冷泉天皇）の乳母として仕えた。彰子が生んだ後朱雀天皇の皇子）の乳母として仕えた。小倉百人一首にも和歌が残る歌人

紫式部の職場関係者

一条天皇（いちじょうてんのう）
藤原道隆の娘・定子を皇后にし、その後彰子を迎える。紫式部の教養と才能を認め、『源氏物語』も読んでいた

彰子（しょうし／あきこ）
藤原道長の娘。若くして一条天皇に入内し、後一条天皇、後朱雀天皇を生んだ。彰子のもとに才能豊かな女房が集まった

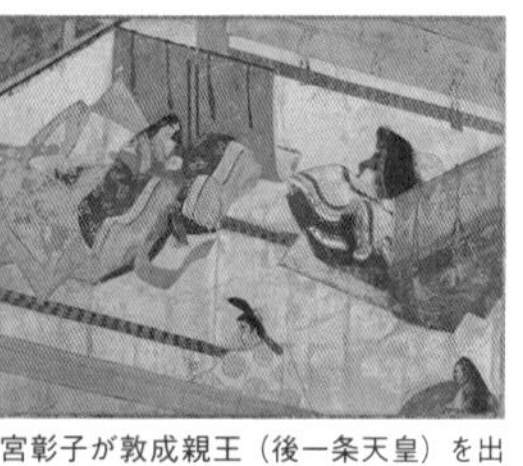
中宮彰子が敦成親王（後一条天皇）を出産した際の様子。奥で背を向けるのが彰子で、下が道長。紫式部日記絵巻断簡（東京国立博物館蔵）

藤原道長（ふじわらのみちなが）
藤原兼家の5男で、身内を含めた政敵を勝ち抜きつつ出世。娘を次々に天皇のキサキにして外戚になり、権力を握った

赤染衛門（あかぞめえもん）
藤原道長の妻・倫子と娘・彰子に仕えた女房。優れた歌人で、その賢さにより夫・大江匡衡や子どもを助けた

和泉式部（いずみしきぶ）
情熱的な恋の歌を多く残す歌人。和泉守橘道貞と結婚し小式部内侍を産み、為尊親王、敦道親王との恋愛遍歴もある

その他宮中の人々

定子（ていし／さだこ）
一条天皇の中宮（のちに皇后）。晩年は不遇だったが、『枕草子』には才気ある魅力的な女性として登場する

清少納言（せいしょうなごん）
清原元輔の娘で、親子ともに和歌に優れる。定子に仕え、華やかなサロンの中心的存在に！『枕草子』の筆者

『枕草子』で知られる清少納言。土佐光起筆 清少納言図（東京国立博物館蔵）

藤原道隆（ふじわらのみちたか）
父・兼家から関白を譲られて一族のリーダーへ。病気をきっかけに権力が弟の道兼や道長へ移ってしまう

藤原隆家（ふじわらのたかいえ）
道隆の4男。道長との権力争いに敗れて失脚。刀伊（とい）の入寇（対馬・壱岐への異民族の侵入）で武名を上げた

藤原伊周（ふじわらのこれちか）
道隆の子。父の死後に道兼・道長と権力を争う。敗れて大宰権帥に左遷されるが、のちに許されて帰京

藤原公任（ふじわらのきんとう）
道長の右腕的存在で、詩歌管絃に優れた文化人。紫式部に「若紫」と呼びかけた逸話もあり、物語の読者だった

安倍晴明（あべのせいめい）
天文学者であり、花山天皇に重用された公務員の陰陽師。一条天皇や道長を助けたというエピソードも

恋の歌を多く残す和泉式部。探幽／百人一首図（東京国立博物館蔵）

画像出典：ColBase（https://colbase.nich.go.jp/）

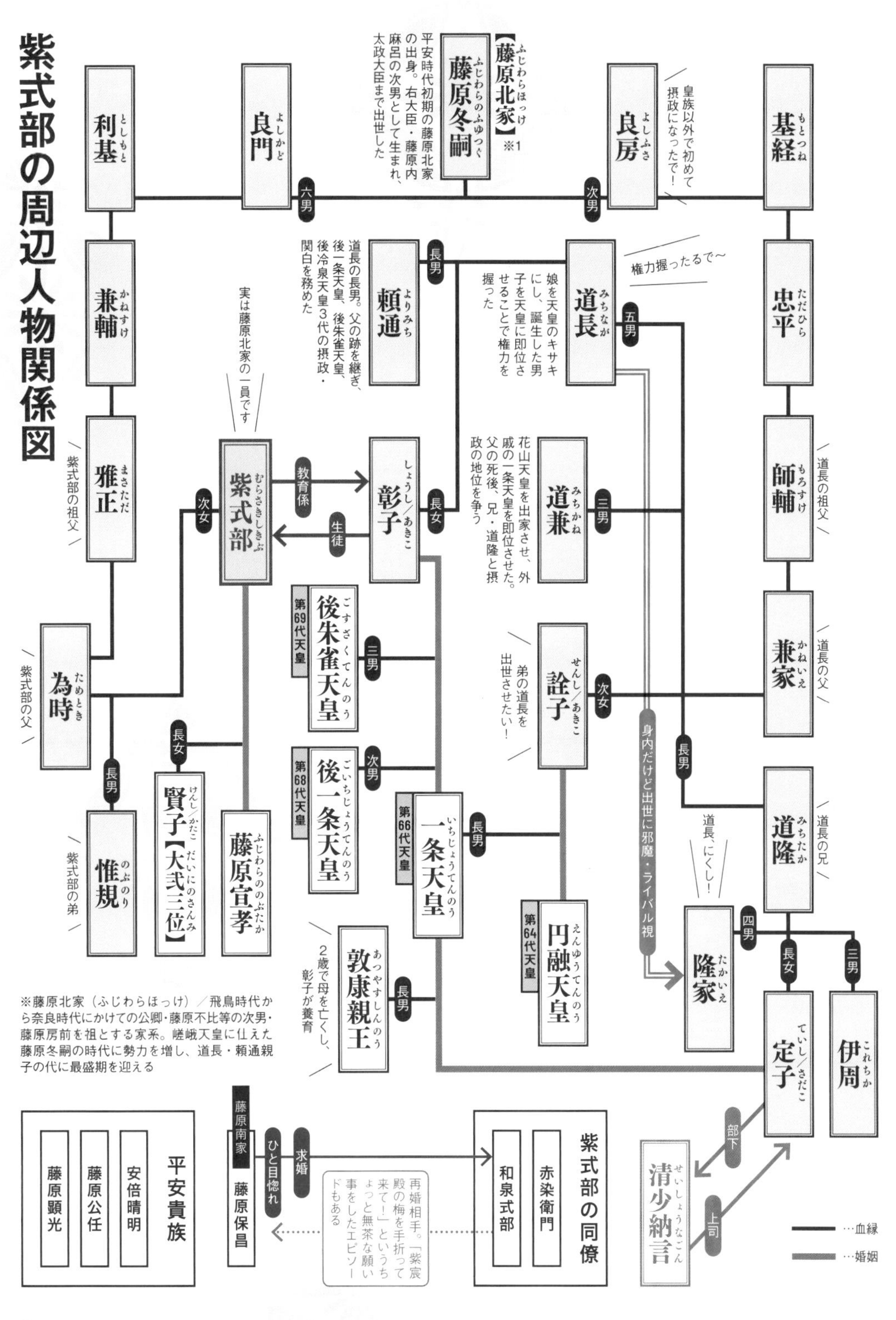

紫式部の周辺人物関係図
The basics of The Tale of GENJI
【藤原北家】※1
藤原冬嗣
平安時代初期の藤原北家の出身。右大臣・藤原内麻呂の次男として生まれ、太政大臣まで出世した
利基
良門
六男
次男
良房
皇族以外で初めて摂政になったで！
基経
兼輔
頼通
長男
道長の長男。父の跡を継ぎ、後一条天皇、後朱雀天皇、後冷泉天皇3代の摂政・関白を務めた
道長
権力握ったるで〜
娘を天皇のキサキにし、誕生した男子を天皇に即位させることで権力を握った
五男
忠平
実は藤原北家の一員です
雅正
紫式部の祖父
次女
紫式部
教育係
生徒
彰子
長女
道兼
三男
花山天皇を出家させ、外戚の一条天皇を即位させた。父の死後、兄・道隆と摂政の地位を争う
師輔
道長の祖父
第69代天皇
後朱雀天皇
三男
為時
紫式部の父
弟の道長を出世させたい！
詮子
次女
兼家
道長の父
長女
賢子【大弐三位】
第68代天皇
後一条天皇
次男
身内だけど出世に邪魔・ライバル視
長男
長男
第66代天皇
一条天皇
長男
道長、にくし！
道隆
道長の兄
惟規
紫式部の弟
藤原宣孝
第64代天皇
円融天皇
隆家
四男
長女
三男
2歳で母を亡くし、彰子が養育
敦康親王
長男
定子
伊周
※藤原北家（ふじわらほっけ）／飛鳥時代から奈良時代にかけての公卿・藤原不比等の次男・藤原房前を祖とする家系。嵯峨天皇に仕えた藤原冬嗣の時代に勢力を増し、道長・頼通親子の代に最盛期を迎える
平安貴族
安倍晴明
藤原公任
藤原顕光
藤原南家
藤原保昌
求婚
ひと目惚れ
再婚相手。「紫宸殿の梅を手折って来て！」というちょっと無茶な願い事をしたエピソードもある
紫式部の同僚
赤染衛門
和泉式部
部下
上司
清少納言
…血縁
…婚姻

＼ハラハラドキドキ…／

源氏物語はこんなストーリー!!

平安時代の恋ってフリーダム!?

魅力的なキャラクター、予測不可能でセンセーショナルなストーリーなど、平安貴族をトリコにした超大作！全体をダイジェストで紹介！

第一部

巻数	巻名	光源氏の年齢
【一】	桐壺（きりつぼ）	1〜12歳
【二】	帚木（ははきぎ）	17歳
【三】	空蝉（うつせみ）	17歳
【四】	夕顔（ゆうがお）	17歳
【五】	若紫（わかむらさき）	18歳
【六】	末摘花（すえつむはな）	18〜19歳
【七】	紅葉賀（もみじのが）	18〜19歳
【八】	花宴（はなのえん）	20歳
【九】	葵（あおい）	22〜23歳
【十】	賢木（さかき）	23〜25歳
【十一】	花散里（はなちるさと）	25歳
【十二】	須磨（すま）	26〜27歳
【十三】	明石（あかし）	27〜28歳

モテ男は
ちがうわ

桐壺の寵愛、光源氏の誕生。そして禁断の初恋…

巻一 桐壺（きりつぼ）

桐壺帝と桐壺更衣の間に皇子が誕生。母は女性たちの嫉妬に苦しんで亡くなり、皇子は源姓を賜って臣籍へ（光源氏）。その後、光源氏は桐壺更衣に生き写しといわれる父の妃・藤壺に禁断の恋心を抱く

巻五 若紫（わかむらさき）

正妻の葵の上のほか、空蝉、六条御息所など、数々の女性と関係を結ぶ光源氏。夕顔は誰かの生霊と思しき物の怪に殺されるドロドロ展開に。あるとき北山の寺を訪ねると、藤壺によく似た少女・若紫の姿が…！

女たちの恋が生んだ恐怖の一夜！そして若紫との出会い

藤壺との秘密の恋の代償、須磨・明石への都落ちと新たな出会い

巻十三 明石（あかし）

一夜の恋のあと、藤壺は光源氏の子を出産。一方、光源氏は弘徽殿女御の妹・朧月夜と逢引を重ね、政敵に目をつけられる。結果、須磨・明石へと下ることになり、地元の美女・明石の君と出会う！

華麗なる豪邸・六条院と美女たちとの恋模様

巻二十一 乙女（おとめ）

明石から都に戻った光源氏は栄華を極め、紫の上をはじめ女性たちとも再会する。やがて大邸宅・六条院を造営し、春・夏・秋・冬の4つの町にそれぞれ縁のある女性たちを住まわせることになる

光源氏の絶頂期、恋物語は子世代の夕霧や玉鬘へ…

巻二十五 蛍（ほたる）

光源氏と正妻・葵の上の間に生まれた夕霧や、その友人・柏木など、子世代の恋模様も描かれる。光源氏の養女・玉鬘（頭中将と夕顔の娘）は、運命に翻弄されつつ都の男たちからモテモテに！

- 【十四】澪標（みおつくし） 28～29歳
- 【十五】蓬生（よもぎう） 28～29歳
- 【十六】関屋（せきや） 29歳
- 【十七】絵合（えあわせ） 31歳
- 【十八】松風（まつかぜ） 31歳
- 【十九】薄雲（うすぐも） 31～32歳
- 【二十】朝顔（あさがお） 32歳
- 【二十一】乙女（おとめ） 33～35歳
- 【二十二】玉鬘（たまかずら） 35歳
- 【二十三】初音（はつね） 36歳
- 【二十四】胡蝶（こちょう） 36歳
- 【二十五】蛍（ほたる） 36歳
- 【二十六】常夏（とこなつ） 36歳
- 【二十七】篝火（かがりび） 36歳
- 【二十八】野分（のわき） 36歳
- 【二十九】行幸（みゆき） 36～37歳
- 【三十】藤袴（ふじばかま） 37歳
- 【三十一】真木柱（まきばしら） 37～38歳
- 【三十二】梅枝（うめがえ） 39歳
- 【三十三】藤裏葉（ふじのうらは） 39歳

画帖：伝土佐光則筆『源氏絵鑑帖』（宇治市源氏物語ミュージアム蔵）

因果応報か、若き柏木の横恋慕と女三の宮の懐妊

巻三十四 若菜上（わかな）

朱雀院の娘・女三の宮が光源氏に降嫁する。六条院で蹴鞠が催された際、柏木がたまたま彼女を垣間見てひと目ボレ。女三の宮は柏木との不義の子を産み、光源氏は宿命の恐ろしさを思い知る

そしてとうとうその時が…

死期を悟る紫の上、二条院の大法要

巻四十 御法（みのり）

重病を患った紫の上は、光源氏との思い出の地・二条院で過ごすが衰弱していく。出家を願いつつ二条院で大法要を催し、その後とうとう光源氏と明石中宮に見守られながら息を引き取ってしまう

よみがえるのは最愛の人との思い出ばかり 悲しみに暮れる光源氏

巻四十一 幻（まぼろし）

紫の上を失って悲嘆に暮れる光源氏。一周忌法要が済むと、翌年に出家するために身辺整理をし、紫の上の手紙も焼いてしまった。「幻」を境に光源氏は登場しなくなり、物語は区切りを迎える

ハマりすぎに注意やな

第二部

巻数	巻名	光源氏の年齢
【三十四】	若菜上（わかな）	39～41歳
【三十五】	若菜下（わかな）	41～47歳
【三十六】	柏木（かしわぎ）	48歳
【三十七】	横笛（よこぶえ）	49歳
【三十八】	鈴虫（すずむし）	50歳
【三十九】	夕霧（ゆうぎり）	50歳
【四十】	御法（みのり）	51歳
【四十一】	幻（まぼろし）	52歳

第三部

巻数	巻名	薫の年齢
【四十二】	匂宮（におうのみや）	14～20歳
【四十三】	紅梅（こうばい）	24歳
【四十四】	竹河（たけかわ）	14～23歳
【四十五】	橋姫（はしひめ）	20～22歳
【四十六】	椎本（しいがもと）	23～24歳
【四十七】	総角（あげまき）	24歳

物語の主役は光源氏の子・薫
舞台は風光明媚な宇治へ

巻四十五　橋姫（はしひめ）

光源氏の子・薫が主人公。薫は宇治で宇治八の宮の娘たち、大君と中の君を垣間見る。その後、薫は自分が光源氏の子ではなく、女三の宮と柏木の不義の子だったという出生の秘密を知ってしまう

巻五十一　浮舟（うきふね）

薫、匂宮（明石中宮の子）と、宇治の姫君たちの間で展開される恋物語。薫は、大君・中の君の異母妹である浮舟を恋人にするが、匂宮が横恋慕をし…!? 悩んだ浮舟は宇治川へ入水する

恋敵の薫と匂宮
思い悩む浮舟が選んだ壮絶な道

恋の闇から抜けた浮舟
壮大な長編物語の
静かなフィナーレ

巻五十四　夢浮橋（ゆめのうきはし）

薫は浮舟の葬儀を行ったが、実は浮舟は横川の僧都に助けられて生きていた！話を聞いた薫は小君（浮舟の弟）を使いにして手紙を送ったものの、出家した浮舟はそれを拒んで生きていく

【四十八】早蕨（さわらび）　25歳

【四十九】宿木（やどりぎ）　24～26歳

【五十】東屋（あずまや）　26歳

【五十一】浮舟（うきふね）　27歳

【五十二】蜻蛉（かげろう）　27歳

【五十三】手習（てならい）　27～28歳

【五十四】夢浮橋（ゆめのうきはし）　28歳

画帖：伝土佐光則筆『源氏絵鑑帖』（宇治市源氏物語ミュージアム蔵）

源氏物語のいろは

たのしく知りたい！

人気が止まらない！

に源氏物語のココがスゴイ！

平安時代から令和までずーっと人気

平安貴族も現代の私たちも夢中にさせる『源氏物語』の魅力って？具体的にどこが「おもしろい！」「スゴイ！」と言われているのか、平安人の口コミ風に紹介！

Q 平安人に聞いた！源氏物語のどこが好き？

A. 恋愛テクニックが参考になる。

光源氏って口説き方がうまいだけじゃなくて、女性に対してマメなんです。私もマネしてまずは美しい和歌で地道にアプローチしなくては！

A. とにかく和歌がステキ！

物語中の和歌は795首！後世の一流歌人、藤原俊成、定家も知識の基本としたように、和歌好きならマストの作品です！

A. キャラが立っていてのめりこむ！

高嶺の花系、小悪魔系、ツンデレ系など、女性キャラが個性豊かすぎ！男女問わず誰か1人は推しが見つかるんじゃない？

A. 甘く切ない恋の話も深〜い人生の話も読める。

ただの素敵な夢物語じゃないのよ。光源氏の晩年の「老い」や「大切な人の死」などもテーマになっていてとても深いし、飽きない。

A. ファッションが宮中最先端で華麗！

華やかな宮中に仕えていた紫式部のセンスはピカイチ！当時の最先端のファッションが詳しく描かれていてうっとりします。

A. メディアミックス展開が幅広い！

絵巻物、錦絵、漫画、映画、ドラマなど、時代によって多彩なメディア展開がある物語です。それだけ原作のパワーが強いのでしょう。

家塚先生おすすめ！

源氏物語の楽しみ方

とにかく読んでみて！

『源氏物語』は、時代や性別、身分を超えて１０００年以上読み継がれてきた物語。単純に物語として魅力的なうえ、例えば和歌、仏教、政治などいろいろな切り口から考察できる深みのある作品です。そしてどの切り口から見ても一流。人の手で生まれたことが「スゴイ」です。

京都は聖地だらけ！歩いてみて

京都の街には今も平安時代の道や社寺、祭りが存在しているので、物語で光源氏が歩いたルートを再現することも可能です。物語の中でその場所がどう描かれたのか知っていると、登場人物の姿がもっとリアルに見えてくるかも！近くのカフェで休んだりして楽しく歩いてみて。

図書館や博物館も資料の宝庫

興味が湧いたら、図書館（→P.１０７）で原文や関連書籍に触れるのもオススメです。現代の研究者が研究書を出したり、博物館で展覧会を企画したりするのも、『源氏物語』の新しい展開ですよね。それがまた新たな潮流を作り、のちの世に伝わっていくのがおもしろいです。

個性豊かな源氏物語のキャラクター

The basics of The Tale of GENJI

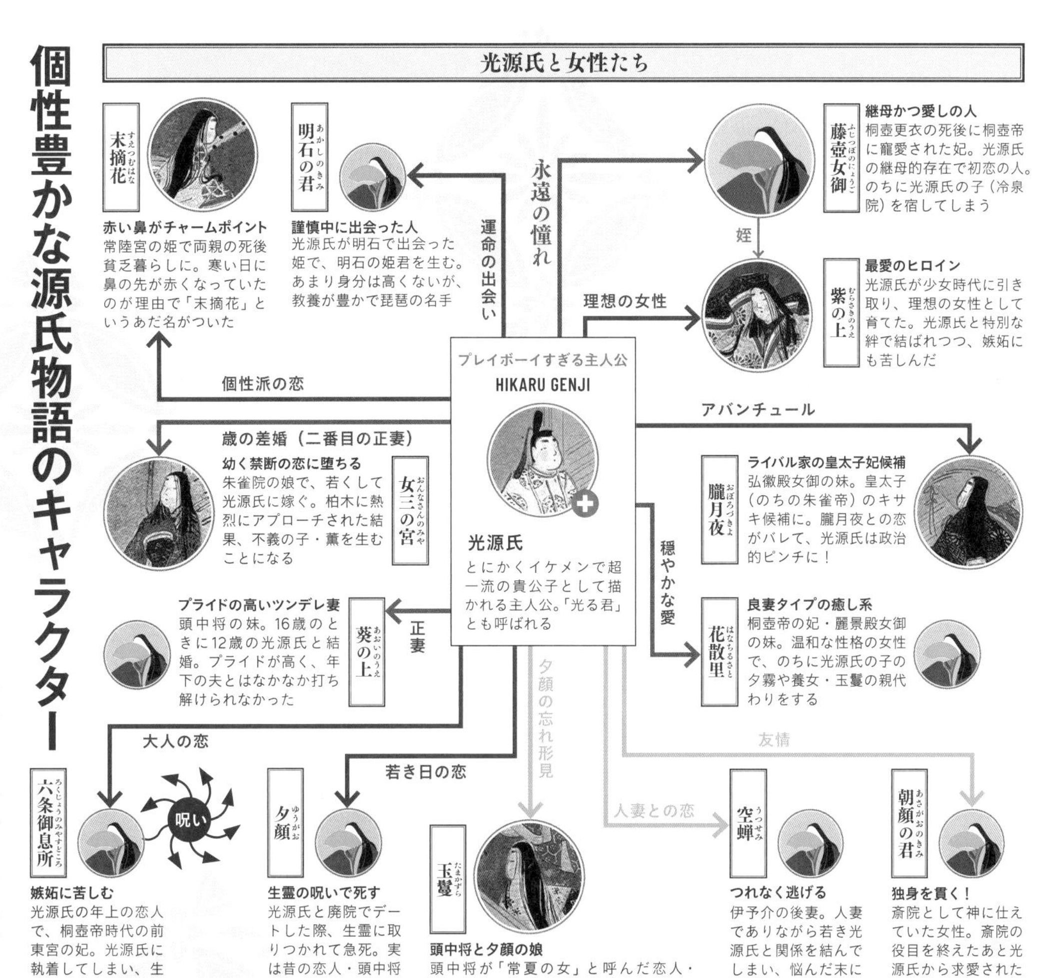

光源氏の友人・その他関係者

〈宇治十帖〉

匂宮 におうのみや
帝と明石の姫君（中宮）の子。紫の上の遺言で二条院に住む、明るいプレイボーイ風の人物

宇治八の宮 うじはちのみや
光源氏の異母弟。京から宇治に移り住んで2人の姫（大君、中の君）を育て、薫と出会う

大君 おおいぎみ
宇治八の宮の娘。薫に求婚されるがなびかず、妹・中の君の将来を案じつつ病死する

中の君 なかのきみ
宇治八の宮の娘で大君の妹。宇治で匂宮に求婚され、姉の死後に二条院に迎えられる

浮舟 うきふね
大君・中の君の異母妹。大君に生き写しだった。薫と匂宮との板挟みになる

親友 **頭中将**（とうのちゅうじょう）
左大臣家の息子で、若き日の源氏のライバルかつ親友。光源氏が須磨に下った際も風評を恐れず訪問した

異母兄 **朱雀院**（すざくいん）
桐壺帝と弘徽殿女御の子で、朱雀帝として即位。母の反対を押し切って光源氏を明石から都へ呼び戻した

明石入道（あかしのにゅうどう）
出家して明石の浦に住む入道であり、明石の君の父。住吉の神を信仰し、夢のお告げで光源氏を明石に迎えた

光源氏の親と子どもたち

母 **桐壺更衣**（きりつぼのこうい）
桐壺帝の寵愛を一身に集めたキサキで、局は桐壺だった。弘徽殿女御などほかの女性の嫉妬が心労となり亡くなる

父 **桐壺帝**（きりつぼのみかど）
桐壺更衣とその遺児・光源氏を寵愛。その後、亡き桐壺更衣に生き写しという藤壺をキサキに迎える

息子 **冷泉院**（れいぜいいん）
桐壺帝と藤壺の子だが、実は光源氏の子。即位後に出生の秘密を知り、光源氏に譲位しようとする

息子 **夕霧**（ゆうぎり）
光源氏と最初の正妻・葵の上の間の息子。幼なじみの雲居雁（くもいのかり／頭中将の娘）と長年の恋を実らせる

息子 **薫**（かおる）
光源氏と女三の宮の息子だが、実は柏木の子。生まれつきいい香りがしたため「薫」の名で呼ばれる

娘 **明石の姫君**（あかしのひめぎみ）
光源氏と明石の君の娘。幼くして紫の上に引き取られてのちに入内。明石中宮となり東宮や匂宮を生む

写真は伝土佐光則筆『源氏絵鑑帖』（宇治市源氏物語ミュージアム蔵）より

＼いざ！物語の舞台へ／

目的別おすすめコースはコレ！

源氏物語さんぽに出かけよう

物語のキホンを押さえたら、ゆかりの地へ行ってもっと楽しもう！
本書掲載の京都市周辺10コースと京都府外の5コースから、チャートで選んで。

START

京都の町なかを歩きたい？（YES／NO）

源氏物語のルーツが知りたい？（YES／NO）

京都御所に行ってみたい？（YES／NO）

いろいろなコースをハシゴしたい？（YES／NO）

雅な平安のご利益スポットに行ってみたい？（YES／NO）

紫式部のことをもっと知りたい？（YES／NO）

京都以外の源氏物語ゆかりの地に行きたい？（YES／NO）

ケーブルカーで行ける山の上の聖地が気になる？（YES／NO）

宇治十帖が好き？（YES／NO）

玉鬘ゆかりの山の上の聖地

9 石清水コース

●いわしみず

▷P.78

玉鬘が参詣した石清水八幡宮をはじめ、八幡の名所をめぐるコース。男山の麓から表参道を登って山上の境内を目指すため、歩きやすい服装で！

男山の上に立つ石清水八幡宮（→P.80）

横川の僧都の足跡を追う

10 比叡山コース

●ひえいざん

▷P.82

天台宗総本山の比叡山延暦寺へ、滋賀県側からケーブルカーでアクセス。宇治十帖のキーパーソン・横川の僧都ゆかりの聖地をめぐろう

比叡山延暦寺（→P.84）は一日がかりで参拝！

府外

平安時代の定番参詣スポットや、光源氏が謹慎した地など。京都市街から日帰りや1泊で行ける場所が多いので上手にプランニングを

『源氏物語』のアイデアが生まれた

11 大津コース

●おおつ

▷P.86

光源氏、どん底からの復活！

12 須磨コース

●すま

▷P.88

明石の君との運命の出会いの地

13 明石コース

●あかし

▷P.90

道長も紫式部も信仰した

14 長谷コース

●はせ

▷P.92

紫式部が青春時代を過ごした

15 越前コース

●えちぜん

▷P.94

紫式部のホーム＆オフィス

1 廬山寺&京都御所コース

●ろざんじ あんど きょうとごしょ ▷P.22

紫式部が執筆活動の拠点にした邸宅跡に立つ廬山寺から、現在の京都御所や京都御苑をぐるっと一周。建物も庭も雅なスポットがズラリ

紫式部の邸宅跡にあるという廬山寺（→P.24）

平安京の中心地！かつての御所

2 一条・二条コース

●いちじょう・にじょう ▷P.32

平安時代に御所があり、平安京の中心地として栄えたゾーン。弘徽殿跡など物語でもおなじみの建物があった場所を、当時の様子を想像しつつ歩こう

平安京の宴の場だった神泉苑（→P.37）

紫式部の生まれ育った聖地

3 紫野コース

●むらさきの ▷P.38

紫式部生誕の地と伝わるスポットや、物語にも登場する雲林院、墓などをめぐるコース。紫式部のルーツを感じたいならまずココへ！

千本ゑんま堂（→P.42）の紫式部供養塔

平安貴族が参拝した雅な神社

4 上賀茂・下鴨コース

●かみがも・しもがも ▷P.44

物語に登場する賀茂祭（葵祭）の舞台になる上賀茂神社、下鴨神社をハシゴ！縁結び、美人祈願で知られる境内の摂社にもぜひお参りを！

上賀茂神社（→P.46）の美しい楼門

"清水詣"と葬送の地へ

5 清水寺コース

●きよみずでら ▷P.50

平安時代から参詣地としてにぎわっていた清水寺境内や参道を歩こう。光源氏が愛する女性を見送った葬送の地・鳥辺野へも足を延ばしたい

平安時代からずっと人気の清水寺（→P.52）

光源氏の大邸宅！六条院の敷地へ

6 五条・六条コース

●ごじょう・ろくじょう ▷P.54

六条院のモデル・源融（みなもとのとおる）の邸宅があったといわれるエリアを探索。光源氏と紫の上たちの華麗な生活をイメージしてみて！

物語の世界に浸れる風俗博物館（→P.58）

貴族が恋した絶景が広がる地

7 嵐山コース

●あらしやま ▷P.62

平安時代から景勝地として愛されてきた嵐山には、自然と調和した見どころがたくさん！物語では明石の君が暮らした邸宅のモデルの地

嵐山のシンボル・渡月橋（→P.64）

「宇治十帖」の世界を探索

8 宇治コース

●うじ ▷P.68

物語のフィナーレ・宇治十帖の舞台へ。薫や浮舟、匂宮の恋の舞台になった宇治川周辺をめぐり、藤原道長ゆかりの平等院もチェックしたい

宇治川のほとりにある紫式部像（→P.70）

どっちが気になる？
- A 今の御所
- B 昔の御所

どっちに行きたい？
- A 紫式部生誕地や墓
- B 紫式部も通ったご利益スポット

どこを歩きたい？
- A ザ・京都な観光地
- B 京都駅の近く
- C 自然の中

源氏物語
関西広域MAP
1/860000
15km
日本海
若狭湾
大阪湾
琵琶湖
福井県
岐阜県
滋賀県
京都府
庫県
三重県
奈良県
大阪府
和歌山県
路島
P.94 越前
P.19 京都市街MAP
P.86 大津
P.79 石清水
P.90 住吉大社
P.88 須磨
P.92 長谷
明石
金沢～敦賀駅間
2024年3月16日に開業
北陸新幹線
鯖江駅
鯖江IC
武生駅
武生IC
越前たけふ駅
今庄IC
気比の松原
敦賀駅
敦賀IC
敦賀Jct
若狭三方IC
若狭上中IC
小浜駅
小浜IC
小浜西IC
小浜線
舞鶴若狭自動車道
東舞鶴駅
舞鶴東IC
西舞鶴駅
舞鶴大江IC
舞鶴西IC
舞鶴線
大飯高浜IC
綾部Jct
綾部安国寺IC
綾部駅
京丹波わちIC
京都縦貫自動車道
京丹波みずほIC
丹波IC
園部IC
亀岡駅
亀岡IC
京都丹後鉄道宮豊線
京都丹後鉄道宮福線
宮津天橋立IC
宮津駅
福知山駅
福知山IC
山陰本線
春日IC
丹南篠山口IC
谷川駅
加古川線
加古川
宝塚線
ひょうご東条IC
吉川IC
滝野社IC
西脇市駅
三田西IC
三田駅
中国自動車道
神戸Jct
神戸北IC
三木小野IC
三木東IC
三木Jct
粟生駅
神戸電鉄粟生線
有馬温泉
六甲山
新名神高速道路
宝塚駅
宝塚IC
尼崎IC
北千里駅
吹田IC
高槻Jct
箕面とどろみIC
茨木千提寺IC
川西IC
新大阪駅
守口Jct
尼崎駅
大阪駅
西宮IC
新神戸駅
神戸駅
鈴蘭台駅
西明石駅
明石西IC
玉津IC
山陽新幹線
神戸空港
垂水駅
明石海峡大橋
淡路IC
東浦IC
北淡IC
津名一宮IC
関西国際空港
りんくうJct
阪南IC
泉佐野Jct
貝塚IC
貝塚駅
阪和線
岸和田和泉IC
堺IC
鳳駅
美原Jct
松原Jct
柏原駅
柏原IC
加美駅
天王寺駅
東大阪Jct
門真Jct
生駒駅
新王寺駅
近鉄長野線
香芝IC
法隆寺IC
大和八木駅
和歌山線
橋本駅
金峯山寺
石舞台古墳
桜井駅
桜井線
郡山IC
天理IC
奈良駅
東大寺
薬師寺
木津駅
木津IC
奈良線
京奈和自動車道
京阪本線
近鉄京都線
城陽Jct
京都南IC
京都駅
延暦寺
大津IC
瀬田東IC
草津駅
草津田上Jct
栗東IC
竜王IC
草津線
湖西線
琵琶湖線
名神高速道路
近江八幡駅
安土城跡
八日市駅
八日市IC
近江鉄道
甲賀土山IC
貴生川駅
信楽IC
信楽駅
亀山西Jct
亀山IC
柘植駅
関西本線
伊賀上野駅
伊賀線
近鉄大阪線
室生寺
伊勢奥津駅
名松線
大宮大台IC
北陸自動車道
北陸本線
木之本IC
長浜IC
伊吹山
米原IC
米原駅
米原Jct
彦根IC

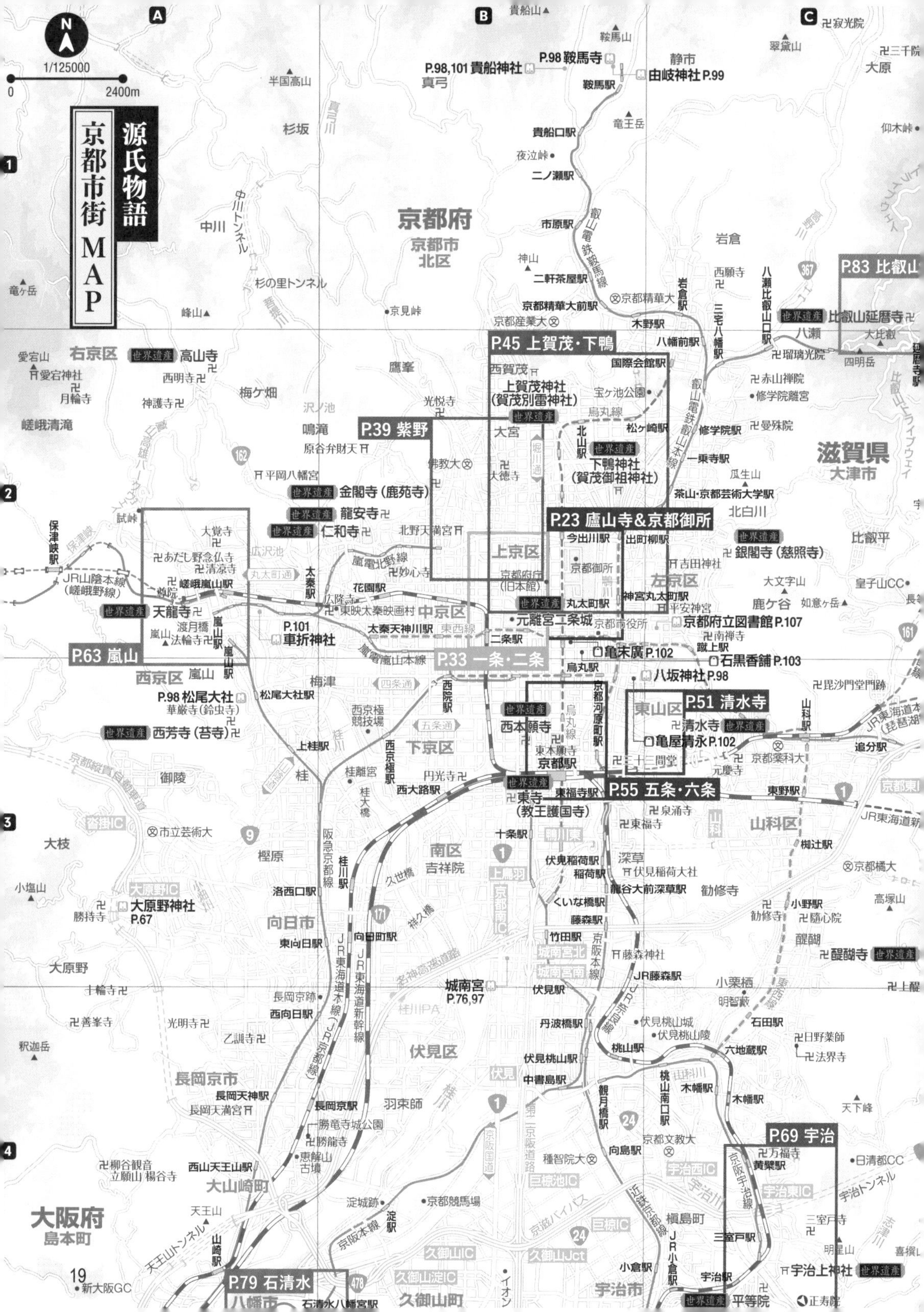

源氏物語
京都市街MAP
N
1/125000
0
2400m
A
B
C
1
2
3
4
京都府
京都市
北区
滋賀県
大津市
大阪府
島本町
右京区
西京区
上京区
中京区
下京区
左京区
東山区
山科区
南区
伏見区
向日市
長岡京市
大山崎町
久御山町
宇治市
P.45 上賀茂・下鴨
P.39 紫野
P.23 廬山寺&京都御所
P.63 嵐山
P.33 一条・二条
P.51 清水寺
P.55 五条・六条
P.69 宇治
P.79 石清水八幡宮
P.83 比叡山
P.98 鞍馬寺
P.98,101 貴船神社
由岐神社 P.99
世界遺産 高山寺
世界遺産 金閣寺（鹿苑寺）
世界遺産 龍安寺
世界遺産 仁和寺
世界遺産 天龍寺
世界遺産 西芳寺（苔寺）
世界遺産 比叡山延暦寺
世界遺産 銀閣寺（慈照寺）
世界遺産 上賀茂神社（賀茂別雷神社）
世界遺産 下鴨神社（賀茂御祖神社）
世界遺産 元離宮二条城
世界遺産 西本願寺
世界遺産 清水寺
世界遺産 東寺（教王護国寺）
世界遺産 醍醐寺
世界遺産 宇治上神社
世界遺産 平等院
P.98 松尾大社
P.101 車折神社
亀末廣 P.102
石黒香舗 P.103
八坂神社 P.98
亀屋清永 P.102
京都府立図書館 P.107
大原野神社 P.67
城南宮 P.76,97
貴船山
鞍馬山
静市
寂光院
翠黛山
三千院
大原
真弓
半国高山
杉坂
鞍馬駅
貴船口駅
竜王岳
夜泣峠
二ノ瀬駅
仰木峠
中川トンネル
中川
市原駅
叡山電鉄鞍馬線
岩倉
神山
二軒茶屋駅
西願寺
竜ヶ岳
杉の里トンネル
京都精華大前駅
京都精華大
岩倉駅
八瀬比叡山口駅
三宅八幡駅
峰山
京見峠
京都産業大
木野駅
八幡前駅
八瀬
大比叡
四明岳
瑠璃光院
愛宕山
愛宕神社
月輪寺
西明寺
神護寺
梅ケ畑
鷹峯
西賀茂
宝ケ池公園
国際会館駅
赤山禅院
修学院離宮
曼殊院
嵯峨清滝
沢ノ池
光悦寺
鳴滝
原谷弁財天
大宮
堀川通
北山駅
松ケ崎駅
叡山電鉄叡山本線
修学院駅
一乗寺駅
平岡八幡宮
佛教大
大徳寺
瓜生山
茶山・京都芸術大学駅
北白川
試峠
保津峡駅
保津峡
大覚寺
あだし野念仏寺
清凉寺
広沢池
丸太町通
太秦駅
北野天満宮
嵐電北野線
妙心寺
今出川駅
出町柳駅
京都御所
吉田神社
比叡平
JR山陰本線（嵯峨野線）
嵯峨嵐山駅
花園駅
広隆寺
東映太秦映画村
京都府庁（旧本館）
鴨川
神宮丸太町駅
平安神宮
大文字山
皇子山CC
鹿ケ谷
如意ヶ岳
渡月橋
法輪寺
嵐山
嵐山駅
太秦天神川駅
東西線
二条駅
京都市役所
南禅寺
蹴上駅
嵐電嵐山本線
烏丸駅
松尾大社駅
四条通
梅津
西院駅
京都河原町駅
烏丸線
毘沙門堂門跡
華厳寺（鈴虫寺）
西京極競技場
五条通
山科駅
JR東海道本線（琵琶湖線）
上桂駅
桂川
西京極駅
東本願寺
京都駅
三十三間堂
元慶寺
京都薬科大
追分駅
京都縦貫自動車道
御陵
桂
桂離宮
桂大橋
西大路駅
円光寺
東福寺駅
東野駅
京都東IC
沓掛IC
市立芸術大
阪急京都線
泉涌寺
東福寺
JR東海道新幹線
大枝
樫原
桂川駅
十条駅
鴨川東
椥辻駅
京都橘大
小塩山
吉祥院
上鳥羽
伏見稲荷駅
深草
稲荷駅
伏見稲荷大社
洛西口駅
久世橋
龍谷大前深草駅
勧修寺
大原野IC
勝持寺
くいな橋駅
小野駅
高塚山
祥久橋
藤森駅
随心院
東向日駅
向日町駅
京都南IC
竹田駅
京阪本線
藤森神社
醍醐
大原野
城南宮北
城南宮南
JR藤森駅
名神高速道路
十輪寺
長岡京跡
JR東海道本線（JR京都線）
JR東海道新幹線
伏見駅
JR奈良線
小栗栖
明智藪
上醍醐
桂川PA
西向日駅
善峯寺
光明寺
丹波橋駅
伏見桃山城
伏見桃山陵
石田駅
日野薬師
法界寺
釈迦岳
乙訓寺
伏見桃山駅
桃山駅
六地蔵駅
中書島駅
伏見
長岡天神駅
長岡天満宮
長岡京駅
羽束師
観月橋駅
桃山南口駅
木幡駅
天下峰
勝竜寺城公園
勝龍寺
京都文教大
萬福寺
黄檗駅
恵解山古墳
向島駅
京阪宇治線
柳谷観音立願山楊谷寺
西山天王山駅
種智院大
宇治西IC
日清都CC
京阪国道
第二京阪道路
巨椋池IC
宇治川
宇治東IC
宇治トンネル
淀城跡
京都競馬場
近鉄京都線
槙島町
天王山
淀駅
京滋バイパス
巨椋IC
三室戸寺
天王山トンネル
京阪本線
三室戸駅
山崎駅
久御山IC
久御山JCT
JR小倉駅
明星山
喜撰山
久御山淀IC
小倉駅
宇治駅
新大阪GC
石清水八幡宮駅
イオン
正寿院

京都たのしい
源氏物語さんぽ
LET'S VISIT REAL PLACE
FEATURED IN
THE TALE OF GENJI

本書の使い方

歩いてみたくなるわ

源氏物語の世界を楽しめるポイントが満載！
使いこなして平安さんぽを満喫すべし

一 歩きたいコースを選ぶ

興味や目的に合わせて、実際に訪ねてみたいコースを選ぼう

二 地図でルートを確認

各コースのルートやスポットを記載したマップで、ルート周辺の情報も参考にしながらプランニングしてみよう

Course Outline
コースの詳細やワンポイント、コースチャートを確認できる

歩行距離／歩数
ルートで歩く距離。歩数は、歩幅70cm、歩行速度80m／分をもとに算出

所要時間
1分間で80m歩いたときの歩行時間と、スポットごとの観光に要する時間の目安を足して算出

所要金額
移動にかかる運賃と拝観料・入場料の合計（定額料金がない場合は含まない）

高低差
アップダウンがどの程度のコースなのかが分かる

コースまでのアクセス
京都駅からスタート地点までの行き方の一例

コース紹介
どのようなコースなのかを紹介するページ。関連する源氏物語の場面も掲載

※個人差があるため、歩数や時間はあくまで目安です。

三 見どころや物語を知って楽しく歩こう

各スポットの注目点のほか、平安時代や源氏物語にまつわるコラムも満載。1000年の時を超えたおさんぽを楽しもう

Check!!
そのスポットで特に見るべき、注目ポイント

ここの場面で
そのスポットが源氏物語のどのような場面で登場するかがわかる

さんぽ途中のおたのしみ
ぜひ立ち寄りたい、おすすめのレストランのやカフェ、ショップなど。ひと休みやおみやげ選びの参考に

深掘りコラム
それぞれのスポットやコースについての理解が深まるコラム

物件データ、QRコード
上から電話番号、地図ページ、住所、時間、料金、定休日を記載。公式HPやSNSがある場合は、そのQRコードも表示

知ってたのしい！ふむふむコラム
知っておくとさんぽがおもしろくなる、平安時代や源氏物語ゆかりのエピソードを紹介

※QRコードは株式会社デンソーウェーブの登録商標です。

KYOTO TANOSHII THE TALE OF GENJi SANPO

おさんぽコース15

紫式部&源氏物語の世界へトリップ!

平安の雅に浸る京都さんぽ

京都から足を延ばして

『源氏絵鑑帖』巻十 賢木
(宇治市源氏物語ミュージアム蔵)

1 COURSE 紫式部のホーム&オフィスをめぐる！廬山寺&京都御所コース〈廬山寺〜京都御所〜御所南〉

❶ 廬山寺の庭園は、物語とも縁の深い桔梗の名所 ❷ 梨木神社は「萩の宮」とも呼ばれる。境内にカフェもある！ ❸ 京都御苑内のSASAYAIORI+ 京都御苑でひと休み ❹ 京都御所の紫宸殿

写真提供：宮内庁京都事務所

『源氏絵鑑帖』巻十一 花散里（宇治市源氏物語ミュージアム蔵）

花散里は、桐壺帝の妃・麗景殿女御の妹で、光源氏の昔からの恋人。絵は光源氏が久しぶりに麗景殿女御のもとを訪ねて昔話をし、その後妹の花散里の部屋を訪ねるシーン。庭にはホトトギスの姿がある

景色全部いとをかし♡

紫式部ファンなら来てや

源氏物語 執筆地 紫式部 邸宅址

廬山寺▷P.24

執筆や生活の拠点！紫式部の〝庭〟的なエリア

現在の京都御所〜京都御苑周辺には、かつて御所が置かれ、多くの公家屋敷が立ち並んでいた。平安時代は、現在の廬山寺（ろざんじ）付近に紫式部が先祖代々暮らしていた邸宅があり、紫式部はそこで結婚生活や子育て、『源氏物語』の執筆もしたそう。いわば紫式部のホームグラウンドであり、物語のふるさと的なエリア！『源氏物語』では光源氏の大切な女性のひとり、花散里（はなちるさと）の邸宅がこのあたりに設定され、歩けばイメージが膨らみそう。聖地・廬山寺を拝観したら、雅な雰囲気が漂う周辺のスポットをめぐろう。明治維新まで政治・文化の中心だった京都御所の参観はもちろん、京都御苑内を歩く間に出合える公家屋敷跡もチェックを。

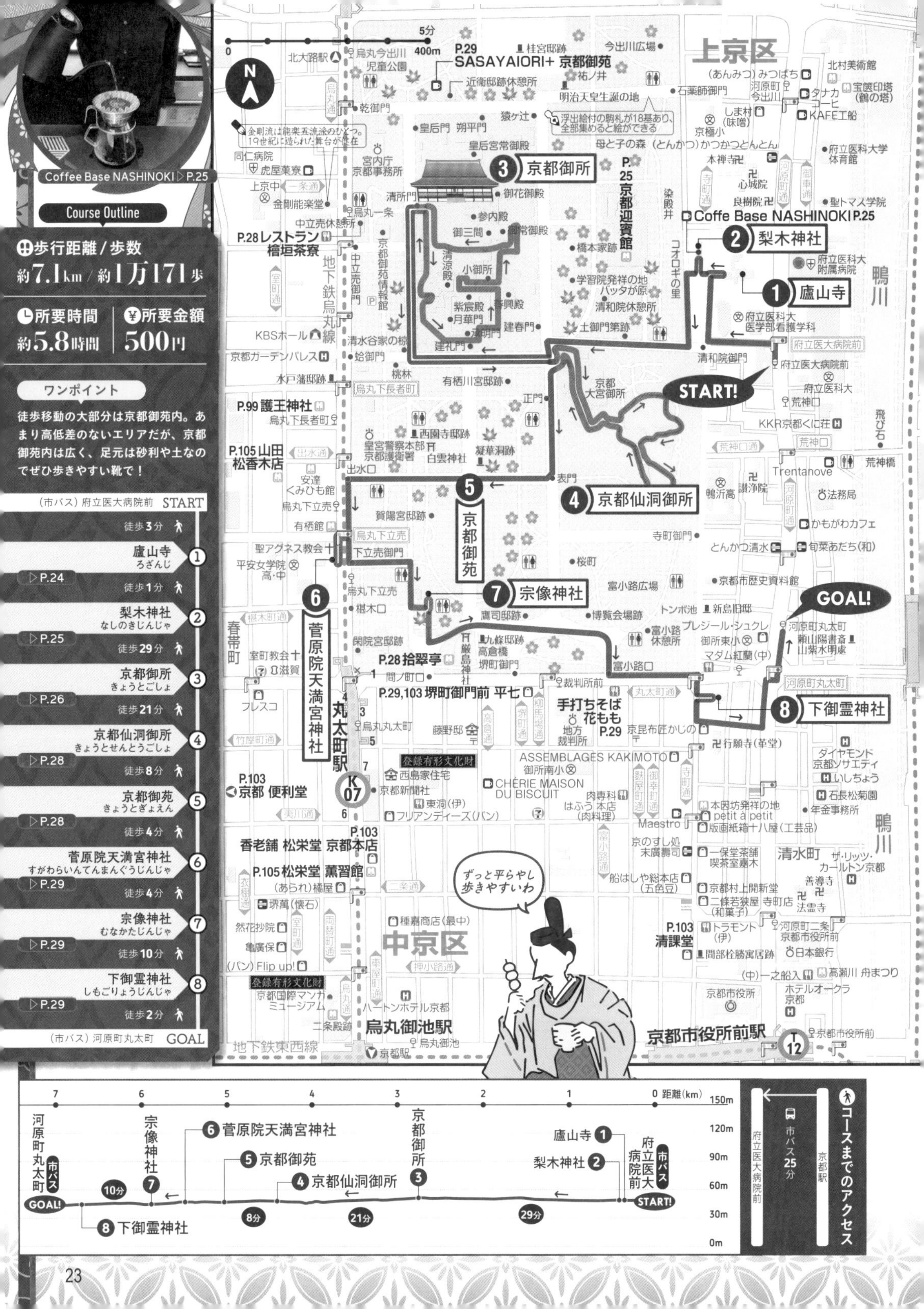

Coffee Base NASHINOKI ▷P.25
Course Outline
歩行距離／歩数
約7.1km／約1万171歩
所要時間
約5.8時間
所要金額
500円
ワンポイント
徒歩移動の大部分は京都御苑内。あまり高低差のないエリアだが、京都御苑内は広く、足元は砂利や土なのでぜひ歩きやすい靴で！
（市バス）府立医大病院前 START
徒歩3分
① 廬山寺 ろざんじ ▷P.24
徒歩1分
② 梨木神社 なしのきじんじゃ ▷P.25
徒歩29分
③ 京都御所 きょうとごしょ ▷P.26
徒歩21分
④ 京都仙洞御所 きょうとせんとうごしょ ▷P.28
徒歩8分
⑤ 京都御苑 きょうとぎょえん ▷P.28
徒歩4分
⑥ 菅原院天満宮神社 すがわらいんてんまんぐうじんじゃ ▷P.29
徒歩4分
⑦ 宗像神社 むなかたじんじゃ ▷P.29
徒歩10分
⑧ 下御霊神社 しもごりょうじんじゃ ▷P.29
徒歩2分
（市バス）河原町丸太町 GOAL
上京区
中京区
P.29 SASAYAIORI+ 京都御苑
金剛流は能楽五流派のひとつ。19世紀に造られた舞台が健在
浮出絵付の駒札が18基あり、全部集めると絵ができる
P.28 レストラン 檜垣茶寮
P.99 護王神社
P.105 山田松香木店
P.25 京都迎賓館
Coffe Base NASHINOKI P.25
START!
GOAL!
P.28 拾翠亭
P.29,103 堺町御門前 平七
手打ちそば 花もも P.29
P.103 京都 便利堂
P.103 香老舗 松栄堂 京都本店
P.105 松栄堂 薫習館
P.103 清課堂
丸太町駅
烏丸御池駅
京都市役所前駅
地下鉄烏丸線
地下鉄東西線
ずっと平らやし歩きやすいわ
距離（km）
START! 府立医大病院前 市バス
① 廬山寺
② 梨木神社
29分
③ 京都御所
21分
④ 京都仙洞御所
8分
⑤ 京都御苑
⑥ 菅原院天満宮神社
⑦ 宗像神社
10分
⑧ 下御霊神社
GOAL! 河原町丸太町 市バス
コースまでのアクセス
京都駅
市バス25分
府立医大病院前

源氏物語はこの地から生まれた!!

Check!!
源氏庭（げんじてい）

白砂と苔で平安時代の庭園をイメージ。6月末～9月初旬に『源氏物語』に出てくる朝顔（今の桔梗のこと）が満開になるので機会を逃さずに訪ねよう

Check!!
紫式部像（むらさきしきぶぞう）

拝観受付の手前で、きらびやかな紫式部像がこんにちは♪彰子に仕えて宮中生活を経験した紫式部が『紫式部日記』を書いたのもココだそう

庭を眺めていると源氏物語の世界がイメージできそう

① 廬山寺

●ろざんじ ▷P.96・101

廬山寺があるのは、紫式部の曽祖父・藤原兼輔（堤中納言）が建てた邸宅の跡。紫式部はその邸宅に父・為時と暮らし、夫・宣孝との結婚生活や、娘・賢子の養育など、人生のさまざまなイベントを経験した。大長編『源氏物語』が生まれた聖地で、物語ゆかりの朝顔（桔梗）が植えられた庭園を眺めたり、元三大師堂を参拝したりしてロマンを感じてみて！

℡ 075-231-0355
MAP P.23
住 京都市上京区北之辺町397 時 9:00～16:00 料 500円 休 2月1～9日（源氏庭休）

HP

② 梨木神社

●なしのきじんじゃ

藤原道長の祖先・藤原良房の屋敷があった場所といわれ、良房の娘・明子（清和天皇の御母染殿皇后）の御所が置かれた地。神社の境内に湧く染井の井戸は平安時代から現在まで名水が湧き、かつては宮中でも「染所の水」として使われていたそう。神社の御祭神は学問・文芸の神様として知られる江戸時代後期の公卿・三條實萬公と息子の實美公。

TEL 075-211-0885
MAP P.23
住 京都市上京区染殿町680 時 9:00〜17:00頃 料 境内自由 休 無休

HP

藤原良房の邸?! 宮中御用の名水も

「萩の宮」とも呼ばれ、秋は参道を萩の花が埋め尽くす。染井の井戸は今も名水が湧く！

御朱印
梨木神社
なしのきじんじゃ

各季節の境内をイメージした御朱印を授与。写真は境内の緑が眩しい9月のもの。500円

深掘りコラム

和歌のワンシーンのような萩の社

毎年9月第3、または第4日曜前後に行われる萩まつりでは、舞踊、邦楽、弓、居合が奉納される。装束まで雅でため息が出そう！

写真提供：梨木神社

知ってたのしい！ふむふむコラム

花散里（はなちるさと）が住んでいたのもココ？

廬山寺があるのは、物語内で「平安京東郊の中河の地」と表現されている場所。光源氏にとって生涯の心の安らぎだった優しい女性・花散里の屋敷は、その中河のあたりに。光源氏の気分で訪問してみては？

『源氏絵鑑帖』巻十一 花散里（宇治市源氏物語ミュージアム蔵）

knowledge column

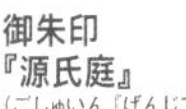

御朱印
『源氏庭』
（ごしゅいん『げんじてい』）

桔梗のシーズン限定！源氏庭の桔梗と紫式部の横顔があしらわれた美しい御朱印500円

源氏物語オリジナル朱印帳
（げんじものがたりオリジナルしゅいんちょう）

物語の巻五「若紫」の場面のオリジナル朱印帳（表・裏）2000円も手に入れたい！

茶 境内で一服

名水を使った絶品コーヒー

梨木神社の旧茶室がカフェスタンドに変身！境内の染井の井戸の水で、自家焙煎のスペシャルティコーヒーを

Coffee Base NASHINOKI

●コーヒー ベース ナシノキ

TEL 075-600-9393
MAP P.23
住 京都市上京区染殿町680 梨木神社境内 時 10:00〜17:00 休 無休

梨木神社から徒歩5分！ 立ち寄りSPOT

梨木神社の西側には京都御苑が。苑内の雅なスポットを訪れよう

日本美の殿堂！

約2万㎡の敷地面積があり、海外からの賓客をもてなす国の迎賓施設。建物や調度品には伝統的技能を駆使！

京都御苑の緑を借景にし、池を中心に周りの建物と融け合うよう配置

京都迎賓館

●きょうとげいひんかん

TEL 075-223-2301 MAP P.23
住 京都市上京区京都御苑23 時 9:30〜17:00（最終受付15:30）料 ガイドツアー2000円（インターネットからの事前予約優先）休 水曜※HP要確認

HP

Check!! 紫式部と大弐三位の歌碑

むらさきしきぶとだいにのさんみのかひ

紫式部の歌「めぐりあひて見しやそれともわかぬ間に雲がくれにし夜半の月影」と、この地で生まれた娘の賢子（大弐三位）の歌が刻まれている

源氏物語のゆかりスポット 京都御所をめぐる！

③ 京都御所

●きょうとごしょ

源氏物語のメインステージ 宮廷世界に浸りたい♪

南北朝時代に光厳天皇が即位してから、1869(明治2)年に明治天皇が東京に移られるまでの約500年間、天皇の住居となった御所。たびたび火災に遭い、現在の建物の多くは1855(安政2)年に再建された。参観コースは京都御所の西側にある清所門からスタートし、紫宸殿、清涼殿など宮廷文化を今に伝える建物を自由参観できる(事前申し込み不要)。

TEL 075-211-1215(宮内庁京都事務所参観係)
MAP P.23
住 京都市上京区京都御苑内 時 10～2月は9:00～15:20、4～8月は～16:20、3・9月は～15:50 料 無料 休 月曜(祝日の場合は翌日休)、12/28～1/4、行事により休止あり

HP

A 紫宸殿(ししんでん)

重要な儀式の舞台

明治天皇、大正天皇、昭和天皇の即位礼が行われた格式高い正殿。平安時代の建築様式を用い、建物の前に右近の橘、左近の桜がある

建物内には即位礼の際に使う天皇の御座・高御座を安置

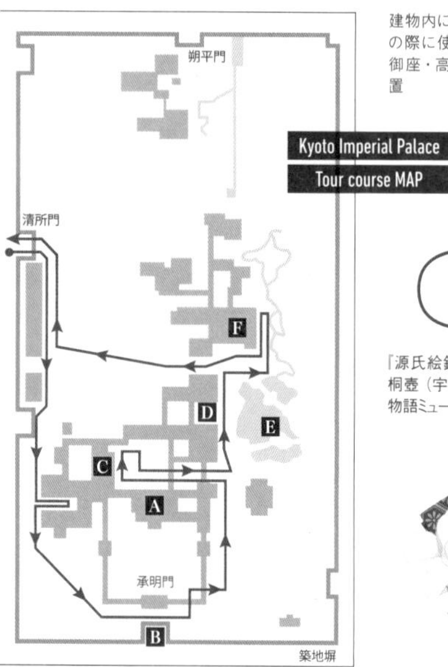

『源氏絵鑑帖』巻一 桐壺(宇治市源氏物語ミュージアム蔵)

ここの場面で 巻一 桐壺(きりつぼ)

光源氏の誕生と成長を描く「桐壺」の舞台が平安時代の御所。光源氏の父の帝と、帝に寵愛された薄幸の女性・桐壺更衣(光源氏の母)が登場

B 建礼門(けんれいもん)

紫宸殿に通じる京都御所の正門

京都御所の南に立つ正門。京都御所内で最も格式の高い門で、天皇陛下、外国元首などの国賓のみ通行が可能。普段は門が閉まった状態

C 清涼殿（せいりょうでん）

日常の政務が行われた宮殿

平安時代に天皇の生活の場だったときの様式を復元して建てられた。休息用の御帳台の手前には昼の御座所「昼御座（ひのおまし）」がある

D 蹴鞠の庭（けまりのにわ）

蹴鞠上手は美男子の証♪

小御所、御学問所の間にある四角い庭園。名前のとおりかつて貴族たちがこの庭園で蹴鞠を行い、天皇がご覧になったそう

ここの場面で 巻七

紅葉賀（もみじのが）

清涼殿の前庭にて、藤壺女御の前で光源氏と頭中将が青海波を舞う姿が描かれている。美しい光景を前に帝や高官たちも感動したシーン

『源氏絵鑑帖』巻三十四 若菜上（宇治市源氏物語ミュージアム蔵）

ここの場面で 巻三十四

若菜上（わかなじょう）

蹴鞠といえば、「若菜上」の六条院のシーンが有名。柏木が仲間と蹴鞠をしていると、光源氏の妻・女三宮の猫が御簾を捲り上げてしまい…!?

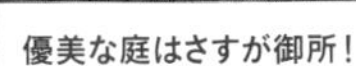

E 御池庭（おいけにわ）

優美な庭はさすが御所！

池を中心とした回遊式庭園。池には欅橋が架かり、その向こうには木々が植えられている。鏡のような池の景色にもうっとり！

深掘りコラム

宮殿の中は障壁画がいっぱい！

御常御殿（おつねごてん）西側の御三間（おみま）という御殿は宮中行事の場。葵祭を描いた障壁画「賀茂祭群参」がある

上段、中断、下段、の3室で構成される御三間

F 御常御殿（おつねごてん）

天皇のプライベート空間

天皇の日常の住まいで、清涼殿からは独立して設けられている。京都御所の中で最も大きな建物であり、入母屋桧皮葺の書院造

知ってたのしい！ふむふむコラム

幼少期の光源氏はどこにいた？

桐壺更衣は、御所・後宮の淑景舎（桐壺）に住んでいた。母を失った光源氏は更衣の実家に引き取られたあと、4歳のころに再び参内。御所は幼少期の光源氏にとって庭のようなものだったのかも

かつての大内裏の一部、大極殿跡 （→P.35）

knowledge column

写真提供：宮内庁京都事務所

⑤京都御苑

●きょうとぎょえん

皇族・公家の住まいが密集!?

京都御所の周辺に広がる、総面積65万㎡の公園。江戸時代末期には京都御所を囲み公家屋敷街があったが、明治維新を迎え天皇や公家たちが東京へ移り住むことに。屋敷跡は一時荒れたが、その後整備され、現在は自然豊かな市民の憩いの場になっている。公園には九門五口の出入り口があり、休憩所や公家屋敷跡が点在するほか、華麗な葵祭や時代祭の舞台になる。

TEL 075-211-6348
(京都御苑管理事務所)
MAP P.23
住 京都市上京区京都御苑3 時 入苑自由 料 無料 休 無休

HP

環境省京都御苑管理事務所

平安時代からずっと都!
タイムスリップしたみたい!!

④京都仙洞御所

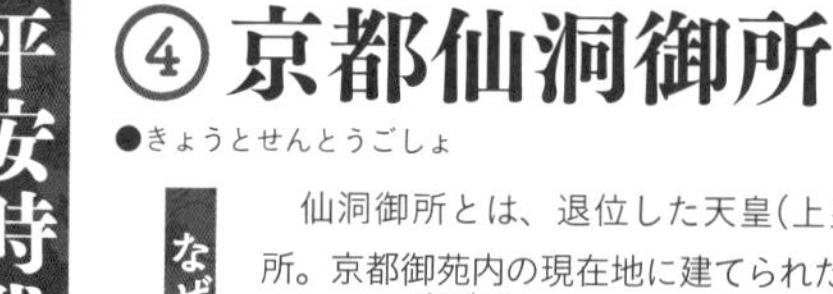

写真提供：宮内庁京都事務所

●きょうとせんとうごしょ

なぜここにも御所が?

仙洞御所とは、退位した天皇(上皇)のための御所。京都御苑内の現在地に建てられたのは、1630(寛永7)年、後水尾(ごみずのお)上皇が移り住んだとき。火災で主要な建物が焼失してから再建されていないが、庭園には2つの大きな池と2つの茶屋がある。敷地の北西にかつて上皇の后のために造られた大宮御所があり、現在も天皇皇后両陛下の京都の御宿泊所。

TEL 075-211-1215 (宮内庁京都事務所参観係)
MAP P.23
住 京都市上京区京都御苑2 時 要事前申込み (9:30～、11:00～、13:30～、14:30～、15:30～) 料 無料 休 月曜 (祝日の場合は翌日休)、12/28～1/4、行事により休止あり

HP

参観申込みについて 参観できるのは18歳以上、申込み人数は4名まで、代理人による申込み不可 (詳細はHP参照) ●**事前申込み**：郵送、インターネット、窓口で参観希望日の3カ月前の月の1日から受付 ●**当日申込み**：当日受付枠があるのは午後の3回のみ、35名ずつ。受付は現地受付窓口、当日11:00から先着順で各回満員となり次第受付終了

深掘りコラム
御所を囲んで建てられた公家邸宅

京都御苑内にはかつて京都御所に参内した公家たちの邸宅跡が点在。桂宮邸跡、閑院宮邸跡、西園寺邸跡などを、散策しながら探してみて

琵琶の宗家・西園寺邸跡には白雲神社が立つ

京都御苑内にある! 立ち寄りSPOT

京都御苑内には現存・見学OKの公家の邸宅もあるのでチェック!

九條家の庭園

五摂家のひとつ、九條家の現存する唯一の建物。江戸時代後期の建物で、主に茶会のための離れとして使われた

拾翠亭
●しゅうすいてい

TEL 075-211-6364
(国民公園協会京都御苑)
MAP P.23
住 京都市上京区京都御苑3 時 9:30～15:15 休 木・金・土曜のみ公開

環境省京都御苑管理事務所

東山を借景にした九条池や、数寄屋風書院造の建物を見学しよう

京都御苑HP

苑内で一服

器も雅な京風ランチ

中立売(なかだちうり)御門近くの中立売休憩所に入るレストラン。季節の京都の素材を使ったおばんざいなどで休憩を

レストラン 檜垣茶寮
●レストランひがきさりょう

TEL 075-223-2550
MAP P.23
住 京都市上京区京都御苑3 時 11:00～15:30LO(売店9:00～16:30) 休 無休

御所車モチーフの器♪

1.御所車御膳1800円はランチに人気。1段目におばんざい、2段目に主菜が入る 2.レストランに併設の土産物店では御苑オリジナル品も!菊華仙9枚入り1510円

さんぽ途中のおたのしみ

CAFE & LUNCH & SHOP

京都御苑～京都御所周辺は広いので、休憩しつつ歩くのがおすすめ！老舗の和スイーツも♪

抹茶パフェ1150円。宇治抹茶アイスやゼリーがのる上質なパフェ

老舗和菓子店の和テイストカフェ

創業300余年・笹屋伊織のカフェが、京都御苑内の近衛邸休憩所に登場。上生菓子やパフェなど、和のスイーツが揃う。

SASAYAIORI+ 京都御苑

●ササヤイオリ プラス きょうとぎょえん

TEL 075-256-7177 MAP P.23

住 京都市上京区京都御苑3 時 10:00～16:30LO 休 月曜（祝日の場合は翌平日）

そばの旨さ、ピカイチ！

香り高くモチモチした食感の二八そばが絶品。シンプルなざるそばのほか、季節限定のそばもお楽しみに

手打ちそば 花もも

●てうちそば はなもも

TEL 075-212-7787 MAP P.23

住 京都市中京区丸太町麩屋町西入る昆布屋町398 時 11:00～18:30（売り切れ次第閉店）休 月曜（祝日の場合は営業）、第4日曜

写真の夏期限定のすだちそば1000円は清涼感たっぷり！温かい鴨なんばんそば1450円などにもファン多数

本物の有職文様を手に入れたい！

有職織物などの平安貴族の文化を、現代の生活になじむ小物にアレンジ。有職模様の名刺入れや数寄屋袋は一生モノ

堺町御門前 平七

●さかいまちごもんまえ へいしち

▷P.103

TEL 075-634-7446 MAP P.23

住 京都市中京区丸太町通堺町東入鍵屋町73 時 9:00～17:00（来店の際は要電話）休 事前連絡時以外は閉店

有職浮織名刺入れ9900円～。浮織ともいわれる最高の有職織物でできた一品で、どの模様にも意味がある

⑥ 菅原院天満宮神社

●すがわらいんてんまんぐうじんじゃ ▷P.101

菅原道真公生誕の地

学問の神様・菅原道真公の曾祖父の代からの屋敷があり、道真公が生まれた場所と伝わる。境内には道真公誕生時から今まで水が湧くという初湯の井戸や、遺愛の石灯籠が。がん封じ・はれもの平癒の神様として知られる梅丸大神で健康祈願するのも忘れずに。

菅原道真公、父の是善卿、祖父の清公卿を祀る社殿。境内には平安時代の御産湯の井もある

TEL 075-211-4769

MAP P.23

住 京都市上京区烏丸通下立売下る堀松町408 時 7:00～17:00 料 無料 休 無休

HP

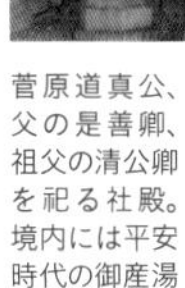

知ってたのしい！ふむふむコラム knowledge column

菅原道真と紫式部のつながり

学者として知られる紫式部の父・為時は、菅原道真公の孫・文時に師事して漢籍や和歌を学んだそう。幼少期から父の影響で学問に親しんでいた紫式部にも、そのスピリットは受け継がれた!?

⑦ 宗像神社

●むなかたじんじゃ

光源氏らも守られた？

795（延暦14）年、桓武天皇の命をうけて藤原冬嗣が筑前国の宗像神社を勧請したのが起源。藤原北家の流れを汲む花山院家の邸内に祀られ、皇居守護の神様として信仰されていた。京都御苑内の南西にあり、境内には樹齢600年以上ともいわれる楠が立つ！

皇居の守り神として3柱の女神様を祀る。桜や紅葉の時期もおすすめ

TEL 075-231-6080

MAP P.23

住 京都市上京区京都御苑9 時 料 境内自由 休 無休（社務所不在あり）

HP

⑧ 下御霊神社

●しもごりょうじんじゃ

いつの時代も疫病退散！

平安時代の人々は、世の中の疫病や災害は冤罪で亡くなった高貴な人の怨霊によって起こると考えていた。その怨霊を慰めて丁寧に祀ることで、国や人々を災厄から守ってもらおうという「御霊信仰」がルーツの神社。早良（さわら）親王、伊豫（いよ）親王らを御霊八所神として祀る。

京都御苑の南東、寺院が集まる寺町通沿い。無病息災を祈願しよう

TEL 075-231-3530

MAP P.23

住 京都市中京区寺町通丸太町下ル 時 6:00～19:30（社務所9:00～17:00）料 境内自由 休 無休

HP

GENJI STORY column.1

雅やかな平安神宮で平安京大内裏へトリップ♪

明治時代創建の平安神宮は、名前のとおり平安京と縁の深〜い神社。雅な境内を平安人の気分で散策したい！

平安京大内裏とは？

平安京の中心部であり、当時の日本の中枢。正庁の朝堂院をはじめ各役所があり、中央には天皇や后たちが生活する内裏もあった。現在のエリアでいうと一条・二条コース（→P.32）

蒼龍楼（そうりゅうろう）

中央の大極殿（外拝殿）と歩廊でつながった建物は、白虎楼と左右対称になっている。2階建ての本瓦葺で、一番上の楼の下に小楼が4基ついたなんとも雅やかな造り！ 高さは約10m

東西歩廊（とうざいほろう）

大極殿には東西に歩廊がついていて、それぞれ蒼龍楼と白虎楼につながる。行事の際に装束をまとった神職たちが並んでこの廊下を歩く様子は、まるで本物の平安絵巻のように優美！

大極殿（だいごくでん）

平安神宮の外拝殿。奥には内拝殿、本殿が続く。大きさは平安京の大極殿の2分の1で、それでも左右は33mの規模！ 平安京の大極殿は、即位、朝賀など国の主要儀式の場だった

東西歩廊

左近の桜

平安京の正庁

朝堂院を5/8スケールで再現

平安神宮の御祭神は平安遷都を行った桓武天皇。明治時代の神社創建時、昔の平安京の正庁・朝堂院を再現するため、大極殿（外拝殿）、応天門（神門）、蒼龍楼、白虎楼、歩廊、龍尾壇などを5/8の規模で造営した

明治時代創建の神宮

1895（明治28）年に平安遷都1100年を記念して建てられた。御祭神は平安京を造った桓武天皇と、明治維新の基礎を築いた孝明天皇

平安神宮

へいあんじんぐう

▷P.99

TEL 075-761-0221　MAP P.45

住 京都市左京区岡崎西天王町97　時 6:00〜18:00（季節により異なる）

料 神苑600円　休 無休

応天門（おうてんもん）

朝堂院の南にある正門で、屋根の上に鴟尾（しび）を置く二層碧瓦葺の建物。平安神宮では正面の大極殿（外拝殿）に続く神門として造られた。高さは約18m！

龍尾壇（りゅうびだん）

境内と大極殿をつなぐ部分に、境内から一段高い形で龍尾壇が設けられている。平安京の大内裏の朝堂院において、この龍尾壇を登って大極殿に近づけるのは位の高い一部の貴族のみだったそう

白虎楼（びゃっころう）

蒼龍楼と対の存在の白虎楼も、メインの楼と4基の小楼で構成されている。蒼龍、白虎の名前は平安京の四方を四神（蒼龍、白虎、朱雀、玄武）が守るという考え方にちなんでいる

右近の橘（うこんのたちばな）・左近の桜（さこんのさくら）

平安時代以降、紫宸殿の南階下の右（天皇から見て）には橘、左には桜が植えられていた。右近の橘は、儀式の際に右近衛府の官人が控えていたためこう呼ばれている

神苑（しんえん）

総面積約3万㎡の池泉回遊式庭園で、明治時代の有名な造園家・7代目小川治兵衛の作。春は紅しだれ桜、夏はカキツバタや花菖蒲など、季節ごとに違う表情が見られる。写真は泰平閣（橋殿）

買って帰りたい！

しあわせの桜守
（しあわせのさくらもり）
神苑の桜をかたどったお守りは幸福・美麗を願う人に。800円

四神の御朱印帳
（ししんのごしゅいんちょう）
古くから京都を守るという四神獣が、平安神宮を守る絵柄。1500円

Check!! 大鳥居（おおとりい）

神宮道に立つ高さ24m、幅18mの大鳥居は岡崎エリアのシンボル！ 1928（昭和3）年に昭和天皇の京都での御大典を記念して建立

平安時代の内裏MAPもcheck!（→P.36）

1 平安貴族が宴を楽しんだ神泉苑 2 大極殿跡付近には大内裏ゆかりの石碑がたくさん！ 3 解説板が立っているスポットもある 4 古典の日記念 京都市平安京創生館の体験コーナー

『源氏絵鑑帖』巻八 花宴（宇治市源氏物語ミュージアム蔵）

物語には後宮が何度も登場する。光源氏と朧月夜が出会う有名なシーンも後宮の弘徽殿が舞台。桜の宴が終わったあと、光源氏が弘徽殿の細殿で扇をかざして歩く女性（朧月夜）と出会った場面

SONGBIRD COFFEE ▷ P.37

姫たちの憧れの地！

COURSE 2

平安京の中心地！かつての御所ゾーンを歩く

一条・二条コース

〈京都市平安京創生館〜平安宮内裏跡〜朱雀門跡〉

たくさんの恋が生まれた！平安時代の御所エリア

現在の一条・二条周辺エリアは、平安時代に平安京の中心地・大内裏が置かれた場所。政治の中心地だった大内裏のさらに中央部に、帝や妃たちが生活した内裏があった。『源氏物語』の有名な書き出し「いづれの御時にか、女御、更衣あまたさぶらひたまひけるなかに……」で描かれる、多くの妃たちが帝に仕えていた舞台も内裏の後宮のこと。今は石碑のみが立つスポットも多いが、歩けば至るところに関連史跡を発見できるおもしろいエリアだ。まずは古典の日記念 京都市平安京創生館で平安京の基本を押さえてから、大極殿跡や弘徽殿跡、平安宮内裏跡など、周辺に密集する関連スポットをめぐろう。

平安宮内裏の宿▷P.37
Course Outline
歩行距離/歩数
約5.8km / 約8371歩
所要時間
約3.2時間
所要金額
0円
ワンポイント
歩行距離が長めだが、大内裏の規模を感じるためにはぜひ歩ききって！急ぐ場合は⑤と⑥の間（堀川通）を市バスで南下してもOK
（市バス）千本丸太町 START
徒歩6分
古典の日記念 京都市平安京創生館 こてんのひきねん きょうとへいあんきょうそうせいかん ① ▷P.35
徒歩6分
大極殿跡 だいごくでんあと ② ▷P.35
徒歩6分
弘徽殿跡 こきでんあと ③ ▷P.35
徒歩3分
平安宮内裏跡 へいあんきゅうだいりあと ④ ▷P.36
徒歩11分
一条院跡 いちじょういんあと ⑤ ▷P.36
徒歩28分
神泉苑（真言宗寺院） しんせんえん（しんごんしゅうじいん） ⑥ ▷P.37
徒歩14分
朱雀門跡 すざくもんあと ⑦ ▷P.37
徒歩3分
JR二条駅 GOAL
0 5分 400m
N
上京区
中京区
① 古典の日記念 京都市平安京創生館
② 大極殿跡
③ 弘徽殿跡
④ 平安宮内裏跡
⑤ 一条院跡
⑥ 神泉苑（真言宗寺院）
⑦ 朱雀門跡
START!
GOAL!
京都市考古資料館 P.107
京都市中央図書館 P.107
P.37,107 平安宮内裏の宿
P.37 承香殿跡
山中油店 P.37
SONGBIRD COFFEE P.37
P.104 雅ゆき
この辺りから北が西陣と呼ばれるエリア
このあたりは、平安京があった地域
作陶の樂家450年伝来の作品が収蔵されている
登録有形文化財
重要文化財
世界遺産
国宝
元離宮二条城
二の丸御殿
二条城前駅
二条駅
JR山陰本線（嵯峨野線）
地下鉄東西線
堀川通
千本通
丸太町通
二条通
一条通
今出川通
中立売通
下長者町通
出水通
竹屋町通
夷川通
御池通
姉小路通
距離(km)
6 5.5 5 4.5 4 3.5 3 2.5 2 1.5 1 0.5 0
150m 120m 90m 60m 30m 0m
JR線 二条駅 GOAL!
⑦ 朱雀門跡
⑥ 神泉苑（真言宗寺院）
⑤ 一条院跡
④ 平安宮内裏跡
③ 弘徽殿跡
② 大極殿跡
① 古典の日記念 京都市平安京創生館
市バス 千本丸太町 START!
14分 28分 11分 6分 6分 6分
コースまでのアクセス
京都駅
市バス23分
千本丸太町

足元に広がる平安宮の遺跡にドキドキ！

Check!!

平安京関連模型（へいあんきょうかんれんもけい）

研究をもとに復元された館内の模型は大迫力。平安時代末期に白河天皇が建立した法勝寺の復元模型には、天皇の権力を象徴するような八角九重塔がある

Check!!

体験コーナー（たいけんコーナー）

体験コーナーでは平安時代の遊びである盤すごろくや囲碁、貝合わせ、偏つぎを体験できる。華麗な装束で平安人に変身してみるのも楽しそう！体験無料

Point!!

こんな模型がある！

- 平安京復元模型
- 鳥羽離宮復元模型
- 豊楽殿復元模型

知ってたのしい！ふむふむコラム

knowledge column

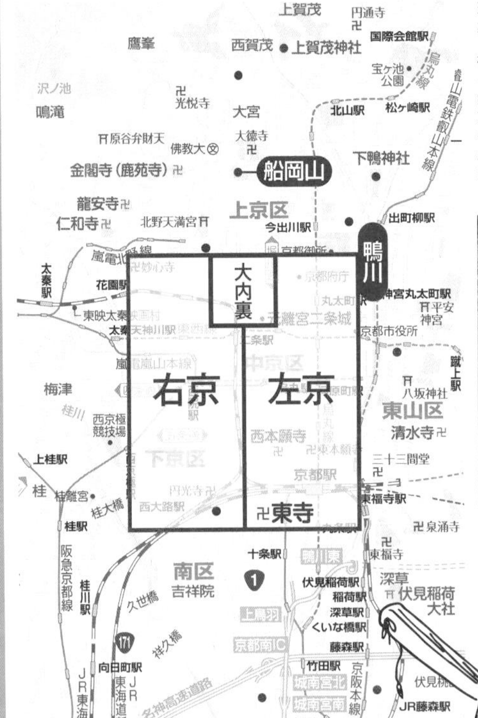

現代の京都の街のベースになった碁盤の目状の平安京

桓武天皇が都を平安京に遷したのは、794（延暦13）年のこと。京都は北・東・西の三方を山に囲まれた盆地で、自然の恵みが豊かなうえ、水陸のアクセスもよかった。平安京は東西約4.5km、南北約5.2kmの規模で碁盤の目状に築かれ、平安宮（大内裏・だいだいり）から見て右エリアが右京、左エリアが左京と呼ばれた。平安京の中心部の大内裏には主要な役所が置かれ、さらにその中央の内裏には天皇の住まいや、后妃・女房たちが暮らした後宮もあった

大内裏のあったエリアに立つ看板を目印に散策しよう

真ん中が朱雀大路やで

南の端が羅城門

① 古典の日記念 京都市平安京創生館

●こてんのひきねん きょうとしへいあんきょうそうせいかん

敷地の下には平安宮の倉庫が眠ってる!?

平安京の中心エリアの平安宮で、酒や酢を醸造していた役所・平安宮造酒司跡に立つミュージアム。縮尺1／1000のダイナミックな平安京復元模型や鳥羽離宮復元模型など、平安時代の京都の風景をリアルにイメージできる展示が盛りだくさん！平安京復元模型には、今も京都にある神泉苑や東寺、その他神社仏閣なども復元されているので、ぜひ探してみて。

TEL 075-812-7222 MAP P.33
住 京都市中京区丸太町通七本松西入 京都市生涯学習総合センター（京都アスニー）1階 時 10:00～17:00（最終受付16:50）
料 無料 休 火曜（祝日の場合は翌平日）

HP

知ってたのしい！ふむふむコラム

儀式や宴会用のお酒が保管されていた！

平安時代の大内裏の中にあり、宮中での儀式や宴会を支えていた造酒司。京都市平安京創生館の敷地からは発掘調査でその遺構・遺物が見つかり、平安初期の土師器、須恵器なども出土した

建物入り口前にある平安宮造酒司倉庫跡の石碑と看板

knowledge column

③ 弘徽殿跡

●こきでんあと

中宮や女御が暮らした後宮の重要スポット

内裏の後宮の建物跡のひとつ。最初は女御・更衣が共同生活するエリアだったが、天皇が生活する清涼殿に近かったため、次第に後宮の中心的存在になっていった。『源氏物語』には朱雀院の母の弘徽殿女御が住み、帝の寵愛を受ける桐壺更衣に嫌がらせをしたことが描かれている。1000年前はこのあたりを十二単の華やかな女性たちが行き交っていたかも！

MAP P.33
住 京都市上京区土屋町通出水下ル東入北側 時料休 見学自由

知ってたのしい！ふむふむコラム

朧月夜と光源氏が出会った！

弘徽殿といえば、弘徽殿女御の妹の朧月夜が光源氏と出会った場所として有名！光源氏と朧月夜はお互いの素性を知らないまま塗籠（個室的な寝室）で結ばれ、翌朝に扇を交換して別れた

『源氏絵鑑帖』巻八 花宴（宇治市源氏物語ミュージアム蔵）

knowledge column

② 大極殿跡

●だいごくでんあと

平安時代の「国会」はココで！

丸太町通の石碑を目印に

大内裏の一部、執務が行われた朝堂院（ちょうどういん）（八省院）の跡地。大極殿は朝堂院の正殿であり、中央に玉座である高御座が置かれた平安宮最大の建物だったそう。平安時代に斎宮が伊勢に向かう際は大極殿で天皇に「別れの御櫛（おぐし）」を挿してもらうのが習わしで、『源氏物語』巻十「賢木」にも朱雀帝と斎宮（のちの秋好中宮（あきこのむちゅうぐう））のそんなシーンが描かれている。

MAP P.33
住 京都市上京区千本通丸太町上ル西側（内野児童公園内）時料休 見学自由

現在はのどかな雰囲気の児童公園内に「大極殿遺跡」の石碑が立つ

④ 平安宮内裏跡

●へいあんきゅうだいりあと

華やかな殿上人の幻が見えそう！

内裏は天皇や后たちの居住空間で、平安宮（大内裏）の中心的な存在。内裏の南エリアには紫宸殿、清涼殿などのハレの場があり、北エリアには『源氏物語』でもおなじみの弘徽殿、飛香舎（藤壺）、淑景舎（桐壺）など七殿五舎で構成される後宮があった。それぞれの建物は回廊や透渡廊でつながり、后たちは天皇に呼ばれると歩いて出勤していったのだとか。

MAP P.33

住 京都市上京区下丸屋町512 時料休 見学自由

ここの場面で 巻一・七・八

桐壺（きりつぼ）・紅葉賀（もみじのが）・花宴（はなのえん）

帝と桐壺更衣の愛が描かれた「桐壺」や、華やかな舞や宴のシーンの「紅葉賀」「花宴」などの重要場面でたびたび登場。激動の恋の舞台！

今は静かな雰囲気

石碑見つけると楽しいわ

平安時代の内裏（御所）は こんなところ

大内裏の中心にある内裏は、平安時代の華やかな国風文化が育まれた場所！光源氏が生まれ育って恋をしたアノ舞台を、ちょっと覗き見しちゃおう

Ⓐ淑景舎（桐壺）

・しげいしゃ（きりつぼ）

庭に植えられた桐から桐壺と呼ばれた。清涼殿から最も遠く、天皇に呼ばれた際はほかの妃たちの部屋の前を通ることになる

物語では 光源氏の母・桐壺更衣が住んだ。光源氏の娘・明石の姫君が入内した際もココを局にした

Ⓑ弘徽殿

・こきでん

天皇が日常の御座所とした清涼殿のすぐ北にある建物で、皇后・中宮・女御など位の高い女性が暮らすことが多かった

物語では 桐壺帝の妃で朱雀帝の母・弘徽殿女御の局。光源氏は弘徽殿の細殿で朧月夜と出会った

Ⓒ飛香舎（藤壺）

・ひぎょうしゃ（ふじつぼ）

庭に藤が植えられたことから藤壺と呼ばれる。一条天皇の中宮・彰子をはじめ、有力な後ろ盾のある中宮や女御が賜った

物語では 光源氏の永遠の憧れ的存在であり、父の妃だった藤壺女御（中宮）の局がココ

DAIRI MAP

襲芳舎（しほうしゃ）（雷鳴壺（かんなりのつぼ））
玄輝門（げんきもん）
登華殿（とうかでん）
貞観殿（じょうがんでん）
宣耀殿（せんようでん）
常寧殿（じょうねいでん）
麗景殿（れいけいでん）
凝花舎（ぎょうかしゃ）（梅壺（うめつぼ））
昭陽舎（しょうようしゃ）（梨壺（なしつぼ））
承香殿（じょうきょうでん）
仁寿殿（じんじゅでん）
綾綺殿（りょうきでん）
温明殿（うんめいでん）
陰明門（おんめいもん）
宣陽門（せんようもん）
校書殿（きょうしょでん）
宜陽殿（ぎようでん）
右近の橘（うこんのたちばな）
左近の桜（さこんのさくら）
承明門（しょうめいもん）

写真提供：宮内庁京都事務所

Ⓓ紫宸殿

ししんでん

公式行事や儀式が行われた重要な建物で、南殿とも呼ばれる。紫宸殿の南側に広がる庭も儀礼の場となり、右近の橘と左近の桜がある

物語では 重要な儀式の場面で登場。弘徽殿女御の子で光源氏の兄にあたる朱雀帝の元服の儀式など

Ⓔ清涼殿

・せいりょうでん

嵯峨天皇の時代に造られた建物で、天皇の日常の御座所。紫宸殿よりやや簡単な行事や会議も行われた。写真は昼御座

物語では 光源氏の元服の儀式が行われた場所。巻七「紅葉賀」で光源氏が頭中将と青海波を舞ったシーン

写真提供：宮内庁京都事務所

宇治橋（→P.70）近くにある紫式部像

紫式部の出仕場所

・むらさきしきぶのしゅっしばしょ

一条天皇の時代に内裏が焼失し、天皇と彰子は一条院内裏へ。紫式部が出仕したのはそこ

風俗博物館（→P.58）の装束展示例

後宮

・こうきゅう

七殿五舎と呼ばれる建物で構成。権力者の子女や才能豊かな女房が集まったサロン的場所

平安神宮（→P.30）の大極殿

大内裏と内裏

・だいだいりとだいり

大内裏の中枢にあるのが内裏。平安神宮の大極殿は、平安時代の大極殿を模して造られた

⑤ 一条院跡

●いちじょういんあと

一条天皇と彰子の思い出がいっぱいの地

平安宮の北東にある邸宅跡は、一条天皇の里内裏（一条院内裏）として有名。元は一条天皇の母（円融天皇の女御・藤原詮子）の持ち物で、999（長保元）年に内裏が焼けてから里内裏に。一条天皇の中宮・彰子に仕えた紫式部が『紫式部日記』で描いた内裏はココ。

MAP P.33

住 京都市上京区大宮通中立売上ル糸屋町 時料休 見学自由

さんぽ途中のおたのしみ

CAFE & SHOP & STAY

一条・二条はスタイリッシュなカフェや町家活用の店舗が多いエリア。店の雰囲気も楽しんで

鳥の巣みたいなおしゃれカレー

オリジナルデザインの家具がおしゃれなカフェ。玉子サンドや、複数の焙煎人によるブレンドコーヒーで休憩を

まるで鳥の巣のようなビジュアルのCURRY boiledegg1150円

SONGBIRD COFFEE
●ソングバード コーヒー
TEL 075-252-2781 MAP P.33
住京都市中京区西竹屋町529 時 10:30～18:30(18:00LO) 休木曜

江戸時代創業・町家の油店

江戸時代から200年以上続く油の専門店。調理用の油のほか、伝統的な建築の自然塗装用油なども扱う

山中油店
●やまなかあぶらてん
TEL 075-841-8537 MAP P.33
住京都市上京区下立売通智恵光院西入508 時 8:30～17:00 休日曜・祝日

上品で香り高いごまの風味が特徴の玉締めしぼり胡麻油はおみやげにぴったり。180g瓶918円、450g瓶1674円

後宮跡に立つゲストハウス

山中油店が手がけるゲストハウス。平安宮内裏跡に立つ築100年の町家を改装し、承香殿、壱の局など部屋の名前もステキ

平安宮内裏の宿 ▷P.107
●へいあんきゅうだいりのやど

TEL 050-2018-1700(京町家の宿) MAP P.33
住京都市上京区東神明町297-1 時 IN16:00／OUT11:00 料 1泊1棟貸切(2名)素泊り2万7000円～

町家を活用した部屋は7種で、それぞれ趣や設備が異なる。一棟貸しで2～8名で宿泊するのがおすすめ

お花見や釣りも！平安人の宴スポット

Check!! 法成橋（ほうじょうばし）
法成就池の名前は弘法大師が雨乞いを成就させたのが由来。願いごとをひとつだけ念じながら橋を渡って善女龍王社を参拝すると叶うとか!?

⑥ 神泉苑（真言宗寺院）

●しんせんえん（しんごんしゅうじいん）

平安時代の大内裏の南東隣にあり、かつては南北4町、東西2町という大スケールの苑池だったそう。桓武天皇以来歴代天皇が宴を催し、嵯峨天皇は記録上で43回も行幸したのだとか。花見や釣り、隼狩り、詩会、管弦の宴など、平安の雅なパーティーを想像してみて。

TEL 075-821-1466
MAP P.33
住京都市中京区御池通神泉苑町東入ル門前町167 時 6:30～20:00（授与所9:00～17:00）料境内自由 休無休

HP

御朱印 静御前見開き（こしゅいん）
平安時代末期に静御前と源義経が出会ったのが神泉苑。季節ごとに色などが変化。800円

Check!! 善女龍王社（ぜんにょりゅうおうしゃ）
日照りの際、弘法大師が雨乞いのために北インドから招いた神様・善女龍王を祀る。拝殿、中門、拝所、本殿という社殿で構成された優美な外観

知ってたのしい！ふむふむコラム

位の高い女御の御殿 承香殿跡

平安京にはまだまだ遺跡がいっぱい！後宮の七殿五舎のひとつで、賜った妃は承香殿女御と呼ばれた。六条御息所のモデルともいわれる村上天皇女御で、歌人として名高い徽子女王もここに住んだそう。

高貴な女性の部屋だった

弘徽殿跡（→P.35）の東に静かに立つ石碑 MAP P.33

knowledge column

⑦ 朱雀門跡

●すざくもんあと

この先はパレス 平安宮を守った正門

朱雀大路に面する平安京の正門で、北には大内裏の応天門や大極殿が一直線に並んでいた。朱雀門の前は広い儀礼の場になっていて、毎年6・12月の大祓なども行われた。1007（寛弘4）年に藤原道長が金峯山に参詣した際も、このあたりで身を清めて出かけたそう。

MAP P.33
住京都市中京区西ノ京小堀町2-3
時料休見学自由

JR二条駅のすぐそば

COURSE 3

紫式部の名前のルーツ!? 生まれ育った聖地を巡礼 紫野コース

〈大徳寺真珠庵〜紫式部墓所〜晴明神社〉

1 大徳寺真珠庵。美しい襖絵や紫式部の産湯の井戸と伝わるスポットがある 2 紫式部の墓所はこのエリア 3 光源氏が参籠した雲林院 4 白峯神宮は、平安貴族のスポーツ・蹴鞠を伝える 5 晴明神社の本殿

『源氏絵鑑帖』巻一 桐壺（宇治市源氏物語ミュージアム蔵）

『源氏物語』は紫式部が幼少期から培った教養がなければ生まれなかった物語。冒頭の巻「桐壺」。光源氏が7歳のとき、平安京の外交施設・鴻臚館で高麗の人相見と対面した場面

お墓もココなのよ

鶴屋吉信 菓遊茶屋▷P.43

産湯の井戸も墓もある！ルーツ的なエリア

紫式部の人生には謎も多いが、京都の洛北の紫野エリアには、産湯の井戸と伝わるスポットや墓が残る。紫式部という名前の由来は諸説あり、一説によると紫野エリアで生まれ育ったことからこう呼ばれているそう。そんなエピソードを頭に入れて、まずは生誕の地、大徳寺真珠庵境内にある「伝紫式部産湯の井戸」へ。その後、『源氏物語』に登場する寺院・雲林院から、旧雲林院境内地にあたる紫式部墓所も訪ねてみよう。紫式部の作家としての才能が磨かれたかもしれないエリアを歩きながら、彼女の人生に思いを馳せてみて！小野篁や安倍晴明など、平安京の有名人ゆかりのスポットとあわせて巡れば、意外なつながりも明らかになるはず。

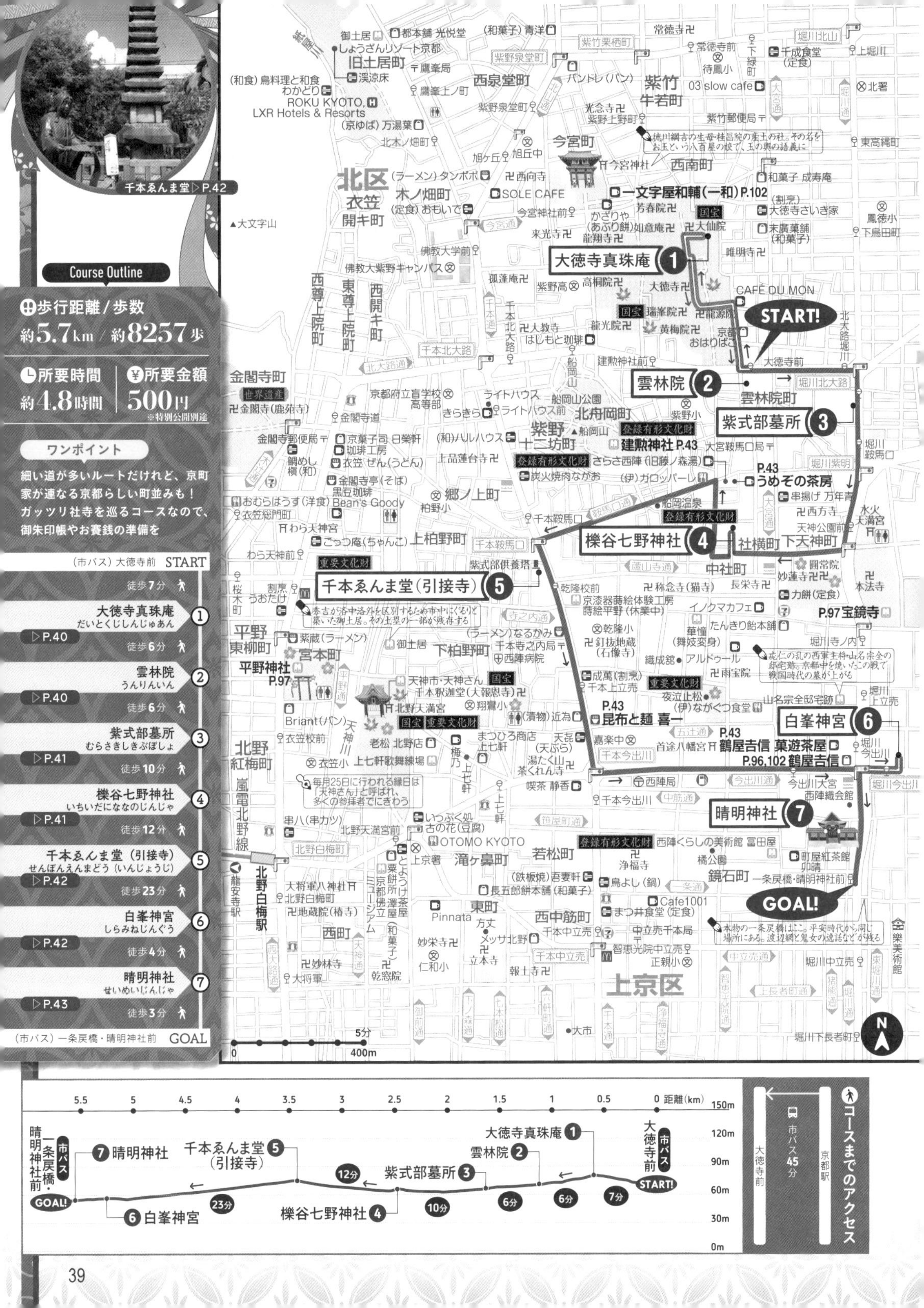

千本ゑんま堂▷P.42
Course Outline
歩行距離／歩数
約5.7km／約8257歩
所要時間
約4.8時間
所要金額
500円
※特別公開別途
ワンポイント
細い道が多いルートだけれど、京町家が連なる京都らしい町並みも！ガッツリ社寺を巡るコースなので、御朱印帳やお賽銭の準備を
（市バス）大徳寺前 START
徒歩7分
大徳寺真珠庵 だいとくじしんじゅあん ① ▷P.40
徒歩6分
雲林院 うんりんいん ② ▷P.40
徒歩6分
紫式部墓所 むらさきしきぶぼしょ ③ ▷P.41
徒歩10分
櫟谷七野神社 いちいだにななのじんじゃ ④ ▷P.41
徒歩12分
千本ゑんま堂（引接寺） せんぼんえんまどう（いんじょうじ） ⑤ ▷P.42
徒歩23分
白峯神宮 しらみねじんぐう ⑥ ▷P.42
徒歩4分
晴明神社 せいめいじんじゃ ⑦ ▷P.43
徒歩3分
（市バス）一条戻橋・晴明神社前 GOAL
START!
大徳寺真珠庵 1
雲林院 2
紫式部墓所 3
櫟谷七野神社 4
千本ゑんま堂（引接寺） 5
白峯神宮 6
晴明神社 7
GOAL!
北区
上京区
衣笠開キ町
木ノ畑町
今宮町
紫竹牛若町
西泉堂町
旧土居町
西南町
雲林院町
紫野十二坊町
北舟岡町
郷ノ上町
上柏野町
下柏野町
平野宮本町
平野東柳町
北野紅梅町
滝ヶ鼻町
若松町
鏡石町
東町
西町
西中筋町
社横町
下天神町
中社町
金閣寺町
西尊上院町
東尊上院町
西開キ町
P.43 建勲神社
P.43 うめぞの茶房
一文字屋和輔（一和） P.102
P.97 宝鏡寺
P.97 平野神社
P.43 昆布と麺 喜一
P.43 鶴屋吉信 菓遊茶屋
P.96,102 鶴屋吉信
CAFÉ DU MON
SOLE CAFE
ROKU KYOTO, LXR Hotels & Resorts
03 slow cafe
OTOMO KYOTO
Cafe1001
Pinnata
北野天満宮
天神市・天神さん
京都府立盲学校高等部
仏教大学前
大徳寺
大仙院
今宮神社
船岡山公園
西陣織会館
西陣くらしの美術館 冨田屋
町屋紅茶館 四晴
一条戻橋・晴明神社前
北野白梅町駅
嵐電北野線
徳川綱吉の生母・桂昌院の産土の社。その名をお玉という八百屋の娘で、玉の輿の語源に
秀吉が洛中洛外を区別するため市中にめぐらし築いた御土居。その土塁の一部が残存する
毎月25日に行われる縁日は「天神さん」と呼ばれ、多くの参拝者でにぎわう
応仁の乱の西軍主将・山名宗全の邸宅跡。京都中を焼いたこの戦で戦国時代の幕が上がる
本物の一条戻橋はここ。平安時代から同じ場所にある。渡辺綱と鬼女の逸話などが残る
0 5分 400m
コースまでのアクセス
京都駅 市バス45分 大徳寺前
距離(km) 0 0.5 1 1.5 2 2.5 3 3.5 4 4.5 5 5.5
150m 120m 90m 60m 30m 0m
市バス 大徳寺前 START!
大徳寺真珠庵 1
雲林院 2
紫式部墓所 3
櫟谷七野神社 4
千本ゑんま堂（引接寺） 5
白峯神宮 6
晴明神社 7
市バス 一条戻橋・晴明神社前 GOAL!
7分 6分 6分 10分 12分 23分

Check!!
伝紫式部産湯の井戸

紫式部が生まれた際、産湯に使われたともいわれる古い井戸がある。かつて紫式部の産声が響いたかもしれない土地の空気を静かに感じてみよう

Check!!
方丈襖絵「楽園」

漫画『釣りバカ日誌』の作者・北見けんいち氏の襖絵。方丈の計16面に、漫画の登場人物や故人を含め、大勢の人々の楽しそうな宴会の様子が描かれている

天才作家 紫式部の人生はココから

① 大徳寺真珠庵

●だいとくじしんじゅあん

紫式部は紫野エリアで生まれたともいわれ、大徳寺の塔頭・真珠庵の境内には産湯の井戸と伝わる遺跡が！寺はとんちで有名な一休さん（一休宗純）を開祖とし、茶祖村田珠光作庭と伝わる七五三の庭園がある。近年、曽我蛇足・長谷川等伯の障壁画の修復をきっかけに約400年ぶりに襖絵を新調し、現代の才能豊かなクリエイターたちが作品を手がけた。

℡ 075-231-7015（京都春秋）
MAP P.39
住 京都市北区紫野大徳寺町52
時 料 休 通常非公開 ※2024年9月20日～12月8日に特別公開を開催予定。詳細は京都春秋HPで要確認。

京都春秋HP

紫式部の文学センスにあやかりたい！

光源氏が参籠して恋の傷を癒した

Check!!
観音堂

境内の観音堂に祀られるのは、本尊の十一面千手観音菩薩像。大徳寺開山の大燈国師木像、中興の江西和尚の木像も堂内に安置されている

ここの場面で
巻十 **賢木**

雲林院には光源氏の伯父にあたる桐壺更衣の兄律師がいた。光源氏は会ってくれない藤壺の態度に傷つき、出家しようと伯父を訪ねる

② 雲林院

●うんりんいん

清少納言筆の『枕草子』や平安時代の歴史物語『大鏡』にも登場する寺院で、かつては東の紫式部墓所（→P.41）あたりを含めて広大な敷地をもっていたそう。紫野がルーツともいわれる紫式部にとって縁ある寺だったようで、『源氏物語』巻十「賢木」には、藤壺に冷たくされて傷ついた光源氏が籠りに行く、ちょっと切ないエピソードも描かれている。

℡ 075-431-1561
MAP P.39
住 京都市北区紫野雲林院町23 時 6:00～16:00 料 休 境内自由

現在の山門は大徳寺通に面している。江戸時代の1707（宝永4）年以降は大徳寺の塔頭

知ってたのしい！ ふむふむコラム

knowledge column

百人一首でおなじみ 僧正遍照が寺にした

寺は、もともと淳和天皇の離宮だった紫野院を、常康親王に託された僧正遍昭が天台宗寺院に改めたのが始まり。境内には「天つ風雲の通ひ路吹きとぢよをとめの姿しばしとどめむ」の歌碑が

百人一首でもおなじみの僧正遍昭の和歌

③ 紫式部墓所

●むらさきしきぶぼしょ

ふるさと紫野で眠る… 誰でも参拝OK

堀川北大路の交差点からすぐの場所にひっそりとある、紫式部が眠る墓地。入り口から奥へ進むと紫式部の墓と平安時代初期の公卿・小野篁（おののたかむら）の墓が並び、1000年以上経った今も大切に守られている。あたりは雲林院（→P.40）の旧境内地と伝わり、きっと紫式部にとってもなじみが深かったはず。墓前で静かに手を合わせ、その人生を想像してみよう。

MAP P.39

住 京都市北区紫野西御所田町 時 料 休 見学自由

入り口から奥まった場所にある紫式部の墓。自由に参拝できる

Check!!

墓所の入り口（ぼしょのいりぐち）

堀川通に面した入り口には、紫式部墓所と小野篁卿墓の石碑が並んで立つ。紫式部墓所の石碑周辺にはムラサキシキブ（コムラサキ）が植えられているので注目を

知ってたのしい！ ふむふむコラム

knowledge column

物語は罪!? 紫式部を地獄から救った小野篁

伝説によると『源氏物語』の影響がすごすぎて、紫式部は死後に「人々を惑わした」と地獄に堕ちそうに!? 閻魔大王に仕えた役人・小野篁がそれをとりなしたことから、墓が隣にあるのだとか

ちょっとミステリアスな話

小野篁像（六道珍皇寺蔵）

④ 櫟谷七野神社

●いちいだにななのじんじゃ

葵祭のヒロイン・斎王が身を清めた聖地

文徳天皇の皇后・藤原明子の安産祈願のため、奈良の春日大社の神を迎えたのが始まりと伝わる神社。また、宇多天皇の皇后が神のお告げで白い砂を三笠山の形に積んで祈願したところ、離れていた天皇の愛情が戻ったことから、浮気封じや復活愛の神様としても信じられている。境内は、賀茂社に奉仕する斎王が潔斎した御所（斎院）の地でもある。

TEL 075-462-0132

MAP P.39

住 京都市上京区大宮通廬山寺上ル西入社横町277 時 料 休 境内自由

HP

御朱印『賀茂斎王館址』（ごしゅいん「かもさいおうのやかたあと」）

平安時代中期の斎王・選子内親王の和歌をイメージした華やかな御朱印。500円

縁戻し、縁切り、縁保ち・縁満と、縁に関する3種類の御守を授与。各500円

境内には樹齢約500年のクロガネモチの木がある！縁に関する願いを見守ってくれそう

Check!!

本殿・賀茂斎院跡（ほんでん・かもさいいんあと）

本殿の横には賀茂斎院跡の石碑が立っている。かつて斎院では斎王に選ばれた皇女や女官が多く過ごし、華やかな歌合わせも開催されていたのだとか！

⑤ 千本ゑんま堂（引接寺）

●せんぼんえんまどう（いんじょうじ） ▷P.101

閻魔様・小野篁・紫式部の不思議な縁

昼は宮中、夜は閻魔法王に仕えたというハイスペックな小野篁が、自ら造った閻魔法王の像を安置した祠が始まり。境内にある紫式部の供養塔は、室町時代に円阿上人があの世での紫式部の不遇な姿を見て、成仏させるために建立したのだとか。人間の死後の行き先を決める裁判長の閻魔法王に、寺と縁の深い小野篁がとりなしてくれることを願ったのかも？

TEL 075-462-3332
MAP P.39
住 京都市上京区千本通蘆山寺上ル閻魔前町34 時 9:30～16:30 料 境内自由（昇殿500円） 休 無休

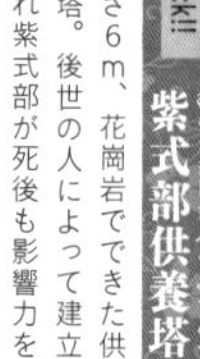

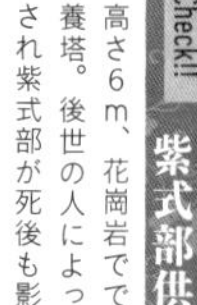

HP

平安京三大葬送地のひとつ、蓮台野の入り口にある寺院。写真は本堂

Check!! 紫式部供養塔（むらさきしきぶくようとう）

高さ6m、花崗岩でできた供養塔。後世の人によって建立され紫式部が死後も影響力をもっていたことがわかる。塔のそばには優しい表情のブロンズ像が立つ

蹴鞠も陰陽師も！平安文化って華やか～

Check!! 蹴鞠の碑（けまりのひ）

球技上達の「撫で鞠」とも呼ばれる碑はマストでチェックしたい。鞠の守護神・精大明神をお参りしたあと、撫で鞠を一度回して球運を授かろう！

Check!! 蹴鞠（けまり）

蹴鞠保存会が蹴鞠を奉納する。リフティングとアシストの上手さを競う平和なスポーツで、清少納言も見学を楽しんだと『枕草子』に記している

⑥ 白峯神宮

●しらみねじんぐう

平安人のスポーツ蹴鞠を現代に伝えた！

1868(明治元)年、明治天皇が和歌・蹴鞠の名家だった貴族・飛鳥井家の邸宅跡に創建。境内の地主社には飛鳥井家が大切にしてきた「まり」の守護神・精大明神が祀られ、毎年4月14日の春季例大祭 淳仁天皇祭と7月7日の精大明神例祭「七夕祭」で、雅で鍛え抜かれた蹴鞠が奉納されている。サッカーや野球はもちろん、あらゆるスポーツの上達祈願にぜひ。

TEL 075-441-3810
MAP P.39
住 京都市上京区飛鳥井町261 時 8:00～16:30 料 境内自由 休 無休

HP

知ってたのしい！ ふむふむコラム

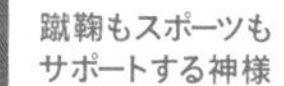

knowledge column

蹴鞠もスポーツもサポートする神様

球技やスポーツ全般の上達や必勝を願って、プロスポーツ選手やチームも熱心に参拝する。奉納されたサッカーボールやバスケットボールからも、選手の意気込みが伝わってくるよう！

必勝祈願をしよう！

さんぽ途中のおたのしみ

LUNCH & CAFE & SHOP

紫野〜西陣エリアには、老舗が手がけるおしゃれなランチ・カフェスポットが点在♪

昆布店特製の出汁が決め手

明治創業の西陣の昆布店・五辻の昆布が手がける「昆布らぁめん」の店。数種の昆布をベースにしたスープが美味

昆布らぁめん1152円＋ワンコンブ制。昆布の説明やテイスティングも楽しみ

昆布と麺 喜一

●こんぶとめん きいち

TEL 080-7227-7500 MAP P.39

住 京都市上京区西五辻東町74-2 五辻の昆布本店2階 時 11:00～、12:00～、13:00～※3部制・各10席・完全予約制（HPより予約）休 不定休

和菓子職人の技を目の前で！

江戸時代創業の菓子店・鶴屋吉信本店2階にあるカウンター。和菓子職人が目の前で季節の上生菓子を作ってくれる

鶴屋吉信 菓遊茶屋

●つるやよしのぶ かゆうぢゃや

TEL 075-441-0105 MAP P.39

住 京都市上京区今出川通堀川西入ル 時 10:00～17:00LO 休 水曜（臨時営業あり）

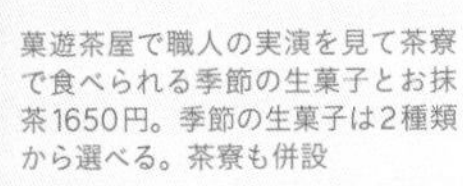

菓遊茶屋で職人の実演を見て茶寮で食べられる季節の生菓子とお抹茶1650円。季節の生菓子は2種類から選べる。茶寮も併設

キュートな見た目のかざり羹

京都の甘党茶屋・梅園プロデュースの茶房。フルーツやフレーバーを生かした餡を寒天、わらび粉と合わせたかざり羹が人気

うめぞの茶房

●うめぞのさぼう

TEL 075-432-5088

MAP P.39

住 京都市北区紫野東藤ノ森町11-1 時 11:00～18:30（18:00LO）休 不定休

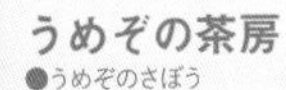

かざり羹はイートイン、テイクアウトどちらもOK！フランボワーズ390円、紅茶420円など常時8～10種用意

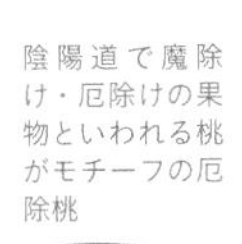

陰陽道で魔除け・厄除けの果物といわれる桃がモチーフの厄除桃

本殿前の安倍晴明公

Check!! 本殿（ほんでん）

晴明公を祀る本殿は厳かなパワーを感じられる場所で、明治時代に建てられたもの。建物にあしらわれた神秘的な晴明桔梗の印にも注目してみて

平安京のスーパースター 安倍晴明

⑦ 晴明神社

●せいめいじんじゃ

平安時代の天文学者・陰陽師の安倍晴明公を祭る神社で、その邸宅があったという地に立つ。晴明公は生前から不思議な力で人々の悩みや苦しみを取り去り、天皇にも庶民にも信頼されていたスーパースター的存在だったそう。晴明井で病気平癒を祈ったり、厄除桃に厄除けをお願いしたり、境内のあちこちにあるご利益スポットをめぐってみよう。

TEL 075-441-6460

MAP P.39

住 京都市上京区晴明町806 時 9:00～17:00

料 境内自由 休 無休

HP

知ってたのしい！ふむふむコラム

道長も救った!? 陰陽師は国家公務員

宮中お抱えの陰陽師だった安倍晴明公には、蘆屋道満というライバルがいた。晩年の晴明公が道満が藤原道長に呪いをかけているのを見破り、結果として道満が都を追われたという伝説も残る

旧・一条戻橋のそばには晴明公の式神が

knowledge column

紫野エリアから行く！ 立ち寄り SPOT

信長親子に勝運をお願いしてみる？

織田信長公と嫡男の信忠公を祀る神社で、明治天皇の勅命で建てられた。信長公にあやかり、大願成就や難局突破祈願をしたい！

建勲神社

●けんくんじんじゃ

TEL 075-451-0170

MAP P.39

住 京都市北区紫野北舟岡町49 時 境内自由、社務所9:00～17:00 料 境内自由 休 無休

HP

歴史ファンはひと足延ばして船岡山へ！山上の神社を参拝しよう

1 神社があるのは船岡山の上。境内から京都市街や比叡山も見える 2 拝殿の奥には神門がある 3 開運厄除御守（ステッカータイプ）500円など授与品も充実

1 上賀茂神社の二の鳥居をくぐって境内へ！ 2 糺の森の中に立つ下鴨神社の楼門 3 葵祭と縁の深い葵の葉を発見！ 4 河合神社で鏡絵馬を奉納して美人祈願しよう♪ 5 上賀茂神社の楼門

『源氏絵鑑帖』巻九 葵（宇治市源氏物語ミュージアム蔵）

有名な巻九「葵」の車争いの場面。光源氏が参加する行列を見にきていた葵の上一行と、六条御息所一行が遭遇する。葵の上一行の従者たちが六条御息所の車を押しのけて争いに…！

COURSE 4

平安貴族が参拝した雅な神社をめぐる！

上賀茂・下鴨コース

〈上賀茂神社〜下鴨神社〜河合神社〉

かみがも・しもがも

美麗・縁結び祈願も！葵祭の舞台を歩こう

平安時代の人々の楽しみのひとつといえば祭見物。中でも上賀茂神社と下鴨神社の華やかな例祭である葵祭（賀茂祭）は、『源氏物語』や『枕草子』など、さまざまな古典文学作品に登場する。その葵祭の舞台になる2つの古社を歩いてめぐり、紫式部や清少納言も体感したかもしれないワクワク感を味わってみよう。まずは上賀茂神社からスタートし、紫式部が縁結び祈願に通ったという片岡社や、カキツバタの名所・大田神社もあわせて参拝を。その後、自然豊かな賀茂川沿いをのんびり南下し、もうひとつの舞台・下鴨神社へ。神秘的な糺の森や美人祈願の地・河合神社をめぐれば、ご利益スポットコースとしても最強かも!?

さるや▷P.47

河合神社 ▷P.47
賀茂川沿いええで〜
Course Outline
歩行距離／歩数
約5.9km／約8442歩
所要時間
約3.6時間
所要金額
1300円
ワンポイント
移動距離が長く、各神社の境内も広いので、歩きやすい靴がマスト。絵になるスポットが多いので、写真撮影も楽しんで！
（市バス）上賀茂神社前 START
徒歩2分
上賀茂神社（賀茂別雷神社） かみがもじんじゃ（かもわけいかづちじんじゃ） ▷P.46 ①
徒歩1分
片岡社（片山御子神社） かたおかしゃ（かたやまみこじんじゃ） ▷P.46 ②
徒歩16分
大田神社 おおたじんじゃ ▷P.46 ③
徒歩42分
下鴨神社（賀茂御祖神社） しもがもじんじゃ（かもみおやじんじゃ） ▷P.47 ④
徒歩1分
糺の森 ただすのもり ▷P.47 ⑤
徒歩1分
河合神社 かわいじんじゃ ▷P.47 ⑥
徒歩8分
京阪出町柳駅 GOAL
10分
800m
N
世界遺産
① 上賀茂神社（賀茂別雷神社）
② 片岡社（片山御子神社）
③ 大田神社
START!
P.102 神馬堂
神山湧水珈琲「煎」P.46
上賀茂の社家
上賀茂神社の神職の家が集まった、美しい町並み
「みぞろがいけ」と呼び、氷河期以来の動植物が生き続ける国の天然記念物
深泥池
北区
紫竹
小山
北山駅
松ヶ崎駅
松ヶ崎
京都府立植物園 P.77
P.107 京都府立京都学・歴彩館
半木の道
春は桜名所としてにぎわう
北大路駅
大徳寺の塔頭には通常公開している寺院も
世界遺産
④ 下鴨神社（賀茂御祖神社）
宝泉堂 P.102
加茂みたらし茶屋
さるや P.47
⑤ 糺の森
⑥ 河合神社
下鴨
高野
紫野
鞍馬口駅
今出川駅
GOAL!
出町柳駅
上京区
左京区
聖護院
丸太町駅
神宮丸太町駅
聚楽廻
P.30,99 平安神宮
叡山電鉄本線
地下鉄烏丸線
京阪鴨東線
賀茂川
高野川
鴨川
距離(km) 0 0.5 1 1.5 2 2.5 3 3.5 4 4.5 5 5.5 6
150m 120m 90m 60m 30m 0m
上賀茂神社(賀茂別雷神社) ①
片岡社(片山御子神社) ②
START!
市バス 上賀茂神社前
16分
大田神社 ③
42分
④ 下鴨神社(賀茂御祖神社)
⑤ 糺の森
⑥ 河合神社
8分
京阪 出町柳駅
GOAL!
コースまでのアクセス
京都駅
市バス53分
上賀茂神社前

Check!!
細殿（ほそどの）
細殿は天皇や上皇など高貴な人が、神社到着時にまず過ごした重要な建物。細殿の前には古代に御祭神が降臨した神山をかたどった一対の立砂がある

本殿の入り口にそびえる楼門。鮮やかな色彩から雅を感じて！

はんなり 葵祭の絵巻みたいに 雅な世界

古代に降臨した御祭神を祀る古社

① 上賀茂神社（賀茂別雷神社） 世界遺産

●かみがもじんじゃ（かもわけいかづちじんじゃ） ▷P.48・96・97・101

いろいろな古典文学作品に登場する賀茂祭（葵祭）が例祭で、創建677(天武天皇6)年の古い神社。御祭神は賀茂別雷大神(かもわけいかづちのおおかみ)で、神武天皇の御代に本殿の後方にある神山に降臨し鎮座したと伝わる神様だ。境内は澄んだ空気に満ちていて、一の鳥居から本殿に向かうまでにも斎王桜、ゲンジボタル生息地、ならの小川など、自然の力を感じる見どころがいっぱい。

HP

TEL 075-781-0011 MAP P.45
住 京都市北区上賀茂本山339 時 5:30～17:00
料 境内自由（国宝本殿特別参拝500円） 休 無休

ここの場面で 巻九
葵（あおい）
有名な「車争い」の場面で登場。人々が禊の儀式に参加する光源氏を見ようと道に集まるなか、なんと正妻・葵の上と六条御息所の車がバッティング!?

茶
境内で一服

境内の御神水でコーヒーを
境内に湧く神山湧水と、味の素AGF(株)が焙煎した豆を使うコーヒー店。珈琲（アイス・ホット）各500円

香りも味も豊か～

神山湧水珈琲「煎」
●こうやまゆうすいこーひーせん
TEL 075-781-0011（上賀茂神社） MAP P.45
住 京都市北区上賀茂本山339 上賀茂神社境内
時 10:00～16:00（土・日曜・祝日は～17:00） 休 無休

紫式部が参拝した縁結びスポット

② 片岡社（片山御子神社）

●かたおかしゃ（かたやまみこじんじゃ）

上賀茂神社の楼門の手前にある第一摂社。上賀茂神社の御祭神の母神・賀茂玉依姫命(かもたまよりひめのみこと)を祀っているため、まずこちらに参拝したあと本殿へ向かうのが正式ルートだそう。縁結びや家内安全、安産の神様として知られ、紫式部も参拝して切ない恋の思いを和歌に込めた。

TEL 075-781-0011（上賀茂神社） MAP P.45
住 京都市北区上賀茂本山339 上賀茂神社境内 時 5:30～17:00 料 境内自由 休 無休

知ってたのしい！ふむふむコラム

恋って切ない…「ほととぎす」の和歌

片岡社の絵馬はとっても雅！十二単を着た紫式部の後ろ姿と「ほととぎす 声まつほどは片岡の もりのしづくに立ちやぬれまし」の和歌が書かれている。恋が叶うようにお願いしてみる？

片岡絵馬500円。裏面には二葉葵の御神紋

knowledge column

和歌に詠まれたカキツバタの群生地

③ 大田神社

●おおたじんじゃ

上賀茂神社の東側にある摂社で、天鈿女命(あめのうずめのみこと)を祀ることから芸能上達を願いに訪れる人もいる。毎年5月、境内の大田ノ沢には濃紫色のカキツバタが咲き、平安時代の歌人・藤原俊成(ふじわらのしゅんぜい)も「神山や大田の沢のかきつばた ふかきたのみは色に見ゆらむ」と美しさを詠んだ。

TEL 075-781-0907 MAP P.45
住 京都市北区上賀茂本山340 時 9:30～16:30
料 境内自由（カキツバタの開花時期は育成協力金300円） 休 無休

写真提供：上賀茂神社

④ 下鴨神社（賀茂御祖神社）

●しもがもじんじゃ（かもみおやじんじゃ） ▷P.48・96・97

世界遺産

葵祭のもうひとつの舞台・下鴨神社は、紀元前90（崇神天皇7）年にはすでに社殿があったと伝わる京都最古級の神社。国宝の本殿に祀られた親子の神様・賀茂建角身命（かもたけつぬのみこと）と玉依媛命（たまよりひめのみこと）にお参りしたあとは、境内にある個性豊かな摂社を訪ねてみて。みたらし団子発祥の地として有名な御手洗池（御手洗社）や、縁結びの相生社の絵馬と御守もチェックしたい。

TEL 075-781-0010 MAP P.45
住 京都市左京区下鴨泉川町59 時 6:00〜17:00（大炊殿は10:00〜16:00）
料 境内自由（大炊殿500円） 休 無休

相生社。御神木・連理の賢木の周囲を、絵馬を持って回るのが作法

愛情運も美容運もお願いしてみる？

Check!! 楼門（ろうもん）

糺の森に立つ朱塗りの楼門は高さ約30m！重要文化財に指定されている。楼門の左右に廻廊がある古代の様式や、檜皮葺の屋根にも注目してみて

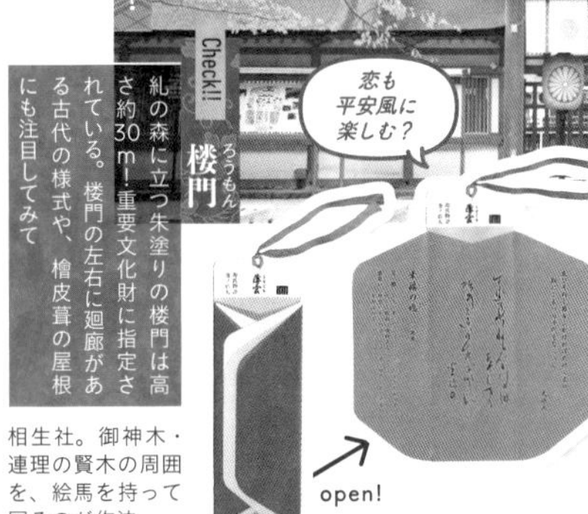

糺の森の参道を歩いた先に楼門が見えると感動！

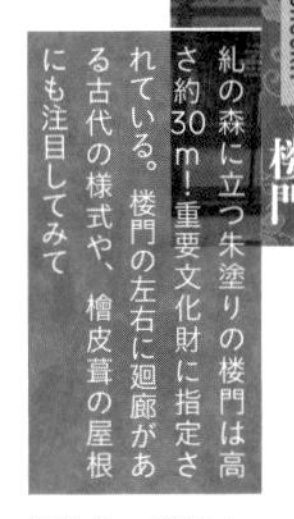

縁結びおみくじ

相生社のおみくじには『源氏物語』の巻名と和歌が！十二単風のデザインもステキすぎ

⑥ 河合神社

●かわいじんじゃ

理想の自分をイメージして鏡絵馬にメイク！

糺の森にある下鴨神社の第一摂社。神武天皇の母神で、玉のように美しかったという玉依姫命（たまよりひめのみこと）を祀り、美容や心の美しさアップなど、女性をトータルで守護するそう。お願いごとは、鏡の形をした木製の絵馬にメイク道具や色鉛筆でメイクするユニークなスタイル！

TEL 075-781-0010（下鴨神社） MAP P.45
住 京都市左京区下鴨泉川町59 時 6:00〜17:00 料 境内自由 休 無休

inside & outside

鏡絵馬（かがみえま）

持参した化粧品でかわいくメイクしてみて。神社の色鉛筆でもOK。1体1000円

美人で良妻賢母だという女神様を祀る。拝殿横には奉納された個性ある鏡絵馬がズラッ

茶 **境内跡で一服**

葵祭にちなむお菓子

葵祭ゆかりの名物菓子

地元の和菓子店・宝泉堂が手がける休憩処で、神社ゆかりの菓子を提供。申餅と豆まめ茶のセット800円

さるや

TEL 090-6914-4300
MAP P.45
住 京都市左京区下鴨泉川町59 下鴨神社境内 時 10:00〜16:30 休 無休

葵祭の斎王代が通る神聖な森を散策

⑤ 糺の森

●ただすのもり

下鴨神社の境内全域に茂る糺の森は、原始の森をイメージさせるエリア。葵祭の路頭の儀の際は、京都御所を出発した行列がこの緑豊かな糺の森を通って下鴨神社の楼門へ向かう。小鳥の鳴き声や葉擦れが聞こえてくるパワスポ的森を、日常を忘れて散策してみて。

TEL 075-781-0010（下鴨神社） MAP P.45
住 京都市左京区下鴨泉川町59
時 料 休 見学自由

『方丈記』の作者・鴨長明が歌に詠んだ瀬見の小川が流れる

源氏物語にも登場する葵祭を目の前で楽しもう!

5月の葵祭は、7月の祇園祭、10月の時代祭とともに京都三大祭のひとつに数えられる!平安時代から続く雅な神事を見にいこう

いつからある祭り?

欽明天皇の御代に凶作に見舞われて疫病が流行した際、祭礼を行ったのが起源。また、古代に上賀茂神社の御祭神が神山に降臨された際、神託により葵を飾り、馬を走らせて迎えたことが始まりとも

どんな祭り?

上賀茂神社、下鴨神社の例祭で、宮中の儀、路頭の儀、社頭の儀で構成されている。ハイライトは5月15日の路頭の儀で、平安装束を纏う近衛使代や斎王代などの行列が都大路を歩く

勅使が上賀茂神社、下鴨神社で御祭文を奉上する

御所車や勅使、供奉者の衣冠などすべてに葵の葉(フタバアオイ)を飾るのが名の由来

源氏物語でどう登場する?

葵祭の御禊の行列に参加する光源氏を、六条御息所と正妻・葵の上がそれぞれの車で見物に出かける場面で登場。六条御息所の車は強引に立ち退かされ、公衆の面前で恥をかくことになる

『源氏絵鑑帖』巻九 葵(宇治市源氏物語ミュージアム蔵)

Check!! 斎王代(さいおうだい)

かつては未婚の内親王が「斎王」として選ばれ祭に奉仕していた。鎌倉時代に途絶えたが、昭和になってから市民から斎王代を選び、女人行列が復活した!

平安時代の貴族が楽しんだ葵祭!

平安時代には、「祭り」といえば葵祭を指すほど大定番!清少納言も『枕草子』第5段で「四月、祭りのころいとをかし」と書いている。当時は賀茂祭と呼ばれ、江戸時代に祭りが再興された頃に「葵祭」という名前が広まった。

写真提供:上賀茂神社・下鴨神社

葵祭の前儀も注目！

5月15日に先立ち、上賀茂神社と下鴨神社それぞれで関係神事が行われる。どれも平安時代の雅を感じられるので、あわせて見学しにいこう！

上賀茂神社→P.46

下鴨神社→P.47

5/3 流鏑馬神事

下鴨神社

5月15日の葵祭の露払いとして古くから続いてきた神事。糺の森を舞台に、公家装束の騎射(きしゃ)が、馬を馳せながら鏑矢(かぶらや)を射る光景は迫力満点！雅で力強い姿を目に焼きつけて

5/4 斎王代禊の儀

両社が毎年交互に斎行

その年の斎王代と女人たちが身を清める儀式。十二単に小忌衣(おみごろも)を身に着けた斎王代、女別当など50余名が参加する。上賀茂神社、下鴨神社が毎年交互に行い、写真は上賀茂神社の様子

5/5 歩射神事

下鴨神社

弓矢を使って葵祭の沿道を清める魔除けの神事は、祭りの安全祈願が目的。平安時代に宮中で行われていた「射礼(じゃらい)の儀」が始まりと伝わり、弦の音で四方の邪気を払うなどして祈願する

5/12 御蔭祭

下鴨神社

比叡山山麓の八瀬御蔭山から、神霊を神馬に遷して迎える神事。糺の森では切芝神事(きりしばのしんじ)が行われ、6人の舞人が神馬に向かって舞楽の「東游(あずまあそび)」を奉納する

5/15 葵祭

華やかな路頭の儀では、近衛使をはじめ検非違使、牛車、風流傘、斎王代などで構成される500人以上の行列が、京都御所〜下鴨神社〜上賀茂神社までを練り歩く！

メインの見どころは王朝行列！

5月15日の葵祭の路頭の儀では、平安絵巻さながらの王朝行列に注目！各スポットへの到着時間を目安にコース沿いの歩道でも見物できるが、京都御苑と下鴨神社参道に設けられる有料観覧席もチェックを

Time Schedule

10:30	京都御所 出発
11:40	下鴨神社 到着
	社頭の儀
14:20	下鴨神社 出発
15:30	上賀茂神社 到着
	社頭の儀

路頭の儀

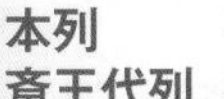

本列 斎王代列

王朝行列の「本列」は、騎馬隊の乗尻、御幣物を納めた御幣櫃などで構成。「斎王代行列」はとても華やか！行列は京都御所を出発し下鴨神社(写真右上)、上賀茂神社(右下)まで歩く

社頭の儀

上賀茂神社 下鴨神社

行列が両社に到着した際、各社頭で行われる神事。勅使が御祭文を奉上して神に御幣物を奉納し、その後、牽馬(ひきうま)の儀や舞人による「東遊(あずまあそび)」の奉納もある

葵祭 行列順路 MAP

有料観覧席の案内

設置場所：京都御苑・下鴨神社参道
※有料観覧席の詳細、チケット購入は京都観光Navi参照

京都観光Navi

1 参道を上がると清水寺の仁王門が現れる 2 あの世とこの世の境といわれる六道の辻にある六道珍皇寺 3 六道珍皇寺にはミステリアスな井戸がある 4 清水寺の参道沿いは飲食店が多く休憩にぴったり 5 おしゃれなloose kyotoでひと休みしよう

『源氏絵鑑帖』巻四十一 幻（宇治市源氏物語ミュージアム蔵）

光源氏が最愛の女性・紫の上を送ったのもこのエリア。絵巻の「幻」に、光源氏が文箱から紫の上の手紙を見つけ、和歌を書いてから焼いてしまう場面が描かれている。人の死はいつの世も悲しい

六道の辻▷P.53

COURSE 5

平安人が楽しんだ"清水詣"、そして葬送の地へ

清水寺コース

〈清水寺〜六道珍皇寺〜六道の辻〜鳥辺野〉

貴族が通った清水寺と葬送の地・鳥辺野

清水寺が大人気スポットなのは、平安時代も現代も同じ。平安貴族はこぞって清水寺の観音様にお参りしに出かけ、その熱狂ぶりから「清水詣」という言葉が生まれたのだそう。そして、清水寺周辺は華やかな参詣の地である一方、古くから京都の葬送地のひとつでもあった。清水寺の南方、阿弥陀ヶ峰のあたりは鳥辺野と呼ばれ、このエリアで藤原道長をはじめ一族が荼毘にふされている。鳥辺野は、『源氏物語』に、光源氏が愛した女性・夕顔や紫の上を送った深い悲しみの地として登場する。また、コースからさらに南、泉涌寺方面へ歩くと、清少納言が仕えた定子が眠る鳥辺野陵があるのでぜひ参拝を。

総本家ゆどうふ奥丹清水▷P.53
Course Outline
歩行距離／歩数
約4.9km／約7028歩
所要時間
約3.1時間
所要金額
1200円
ワンポイント
東大路通を境に高低差が大きくなるコース。市バス停五条坂から清水寺までの参道は上り坂。境内も階段が多いので休憩しつつめぐろう
（市バス）五条坂 START
徒歩12分
清水寺 きよみずでら ① ▷P.52
徒歩26分
六道珍皇寺 ろくどうちんのうじ ② ▷P.52
徒歩2分
六道の辻 ろくどうのつじ ③ ▷P.53
徒歩16分
鳥辺野 とりべの ④ ▷P.53
徒歩2分
（市バス）東山七条 GOAL
START!
GOAL!
清水寺 ①
国宝 重要文化財 世界遺産
六道珍皇寺 ②
六道の辻 ③
鳥辺野 ④
P.53 みなとや幽霊子育飴本舗
P.53 総本家ゆどうふ奥丹 清水
P.53 loose kyoto
P.107 京都国立博物館
重要文化財
（旧帝国京都博物館本館）
東山区
成就院は春と秋に特別公開される清水寺の塔頭。庭園は「月の庭」と呼ばれる名勝
京都らしい風情を楽しめる石段の坂道
親鸞聖人のご廟所（墓所）がある大谷本廟の後方に、約1万3000基余りもの墓地が広がっている
馬町は保元物語、太平記にも登場。六波羅探題もこの地にあったそう
「いまひえじんぐう」と読む。後白河法皇が法住寺殿の鎮守社として勧請した
江戸初期を代表する池泉廻遊式庭園が見事。宝物館で長谷川等伯一派の障壁画を展示
清水詣楽しみ♪
JR東海道本線（琵琶湖線）
0 240m 3分
5 4.5 4 3.5 3 2.5 2 1.5 1 0.5 0 距離(km)
150m 120m 90m 60m 30m 0m
市バス 東山七条 GOAL!
④鳥辺野
26分
清水寺①
12分
市バス 五条坂 START!
16分
六道の辻③
②六道珍皇寺
コースまでのアクセス
京都駅 市バス15分 五条坂

奇奇怪怪 あの世とつながる平安ミステリー

knowledge column

Check!! 本堂・舞台（ほんどう・ぶたい）

「平成の大改修」で葺き替えが完了した檜皮葺の屋根は、青空に映えてとても優美な姿！本堂前の檜舞台は御本尊に芸能を奉納するための特別な場所

源義朝の側室の常盤御前が子どもの無事を祈願した子安塔

Check!! 仁王門（におうもん）

参道を上った先に堂々と現れる清水寺の正門。門の上の扁額の文字は、一条天皇の時代に活躍した貴族で、清少納言とも交流があった藤原行成が書いたそう

お寺の名前のルーツ

音羽の滝の霊水は「金色水」であり、長寿の「延命水」として信仰されている

ここの場面で 巻四 夕顔（ゆうがお）

夕顔が物の怪のせいで急死した場面。光源氏が遺体を安置した東山の寺で悲しみに暮れる一方、清水寺の参道のほうは明るく賑わっていた

紫式部も清少納言も見た清水詣のにぎわい

① 清水寺 世界遺産

●きよみずでら

奈良時代に創建されてから1200年以上大人気の寺院。平安時代の文学にも多く登場し、清少納言は『枕草子』で参道のにぎわいや、寺に参籠したときのエピソードを綴っている。『源氏物語』では、光源氏が恋人・夕顔を亡くして悲しみのあまり混乱している際、従者の惟光が「清水の観音様」を念じる場面も。平安貴族の人生に欠かせない寺院だった。

TEL 075-551-1234 MAP P.51
住 京都市東山区清水1-294 時 6:00～18:00（季節により変動あり）料 400円 休 無休

HP

② 六道珍皇寺

●ろくどうちんのうじ ▷P.98

この世とあの世の境界といわれる「六道の辻」に位置する寺院で、お盆の行事・精霊迎え（六道まいり）が有名。境内には、小野篁が冥土に通うのに使ったというミステリアスな井戸が！平安時代初期に嵯峨天皇に仕えた小野篁（おののたかむら）は、文武両道のパーフェクトな官僚として知られ、この世ばかりかなんとあの世の閻魔大王のもとでも働いていたそう。

TEL 075-561-4129 MAP P.51
住 京都市東山区松原通東大路西入ル小松町595 時 9:00～16:00 料 春秋等の特別拝観800円（臨時拝観1000円※グループで要予約）休 無休

HP

Check!! 小野篁冥土通いの井戸（おののたかむらめいどがよいのいど）

本堂背後の庭にある「冥土通いの井戸」は、小野篁の冥土への通勤ルート。近年は旧境内地から篁が帰路に使ったという「黄泉がえりの井戸」も発見された

知ってたのしい！ ふむふむコラム

閻魔王宮と平安京でダブルワーク!?

小野篁には、昼は朝廷、夜は閻魔大王が総司を務める冥府（めいふ）で働いたという常人離れした伝説がある。閻魔大王は死後の人々の行き先を決める裁判長のような仕事をしているのだとか

小野篁作ともいわれる閻魔大王像を所蔵

郵便はがき

おそれいりますが切手をお貼り下さい

104-8011

東京都中央区築地5-3-2

株式会社朝日新聞出版
生活・文化編集部 行

ご住所 〒		
電話 ( )		
ふりがな お名前		
Eメールアドレス		
ご職業	年齢 歳	性別

このたびは本書をご購読いただきありがとうございます。
今後の企画の参考にさせていただきますので、ご記入のうえ、ご返送下さい。
お送りいただいた方の中から抽選で毎月10名様に図書カードを差し上げます。
当選の発表は、発送をもってかえさせていただきます。

愛読者カード

本のタイトル

お買い求めになった動機は何ですか？（複数回答可）

1. タイトルにひかれて　2. デザインが気に入ったから
3. 内容が良さそうだから　4. 人にすすめられて
5. 新聞・雑誌の広告で（掲載紙誌名　　　　）
6. その他（　　　　）

表紙　1. 良い　2. ふつう　3. 良くない
定価　1. 安い　2. ふつう　3. 高い

最近関心を持っていること、お読みになりたい本は？

本書に対するご意見・ご感想をお聞かせください

ご感想を広告等、書籍のPRに使わせていただいてもよろしいですか？

1. 実名で可　2. 匿名で可　3. 不可

ご協力ありがとうございました。
尚、ご提供いただきました情報は、個人情報を含まない統計的な資料の作成等に使用します。その他の利用について詳しくは、当社ホームページ https://publications.asahi.com/company/privacy/ をご覧下さい。

さんぽ途中のおたのしみ

LUNCH & CAFE & SHOP

清水寺参道～六道の辻は坂道なのでエネルギー補充を！六道の辻ゆかりの飴はおみやげに

庭を見ながら伝統の湯豆腐を

約390年続く老舗で、日本庭園を眺めながら湯豆腐を味わえる。自社の豆腐工房で作る豆腐が絶品

総本家ゆどうふ 奥丹清水

●そうほんけゆどうふ おくたんきよみず

TEL 075-525-2051 MAP P.51

住 京都市東山区清水3-340 時 11:00～16:30（土・日曜・祝日は～17:30）※30分前LO 休 木曜

国産大豆を使用する湯豆腐に木の芽田楽、胡麻どうふ、精進天ぷらなどが付く。おきまり一通り3300円

京町家×自家焙煎コーヒー

清水寺参道沿いのコーヒー店。町家を改装した空間で、揚げたてドーナツとハンドドリップコーヒーを

loose kyoto

●ルース キョウト

TEL 070-8364-3221

MAP P.51

住 京都市東山区清水4丁目163-6 時 9:00～18:00 休 不定休

ラテ550円、揚げたてのドーナツ（プレーン）1個250円。テイクアウトもOKなので散策のおともに！

幽霊が子どもを育てた飴

450年以上続く飴店。六道の辻付近にあり、幽霊が墓で子どもを育てるために飴を買いにきたという伝説も残る

みなとや幽霊子育飴本舗

●みなとやゆうれいこそだてあめほんぽ

TEL 075-561-0321 MAP P.51

住 京都市東山区松原通大和大路東入2丁目轆轤町80-1 時 10:00～16:00 休 無休

店は六道の辻の石碑付近。昔懐かしい風味の幽霊子育て飴75g300円、150g500円をおみやげに

③ 六道の辻

あの世へ続く十字路 迷い込みそう!?

●ろくどうのつじ

六道珍皇寺（→P.52）の周辺は、平安京の人々が葬送地の鳥辺野へ向かう際に通ったエリア。ちょうどこのあたりが野辺送りをする辻だったため、あの世との境があると信じられていた。六道とは仏教の六つの迷いの世界で、地獄・餓鬼・畜生・阿修羅・人間・天上を指す。

MAP P.51

住 京都市東山区松原通大和大路東入ル一筋目西南角（西福寺前）時 料 休 見学自由

みなとや幽霊子育飴本舗や西福寺の周辺が六道の辻にあたる

知ってたのしい！ふむふむコラム

平安時代も流行った清水詣！

平安時代の人にとって清水寺への参拝は一大行事で、貴族も庶民も清水の観音様を熱心に信仰した。清水寺の仁王門前から松原通まで延びる清水道は当時から参道としてにぎわったそう

清水寺参道には飲食店やみやげ店が並ぶ

knowledge column

深掘りコラム

町名の轆轤（ろくろ）町はドクロが由来!?

六道の辻周辺の町名は「轆轤町」。かつては髑髏町という葬送の地らしい名前だったが、江戸時代に轆轤町に改められたのだとか

④ 鳥辺野

平安京の別れの地 源氏が女性たちを見送った

●とりべの

死を避けて通れないのは今も昔も同じで、平安時代は鳥辺野、蓮台野（れんだいの）、化野（あだしの）が三大葬送地だった。鳥辺野は阿弥陀ヶ峰を中心に北は清水寺周辺から、南は一条天皇皇后の定子が眠る鳥戸野陵あたりまで広がり、藤原道長をはじめ藤原一族の火葬の地でもあった。

MAP P.51

住 京都市東山区五条坂東一帯）時 料 休 見学自由

知ってたのしい！ ふむふむコラム

夕顔・葵の上・紫の上を弃送した別れの地

愛する人との別れの悲しみを味わった光源氏。鳥辺野では、若き日の恋人・夕顔、正妻・葵の上、最愛の人・紫の上を見送った。絵は紫の上が亡くなったあと、光源氏が手紙を整理する場面

『源氏絵鑑帖』巻四十一 幻（宇治市源氏物語ミュージアム蔵）

knowledge column

1 六条院をテーマにめぐるコース。まずは風俗博物館の開館時期をチェックしてから出かけよう 2 京都タワーサンドでおみやげ探し♪ 3 源融河原院址で物語の六条院をイメージしてみたい 4 夕顔が住んでいたのはこのあたり？夕顔の碑 5 風俗博物館の展示にうっとり！

夕顔に思いをはせて

かわいいおみくじ

市比賣神社▷P.57

『源氏絵鑑帖』巻四 夕顔（宇治市源氏物語ミュージアム蔵）

五条には、光源氏の若き日の恋人・夕顔が住んでいた。光源氏が乳母の家に立ち寄った際、隣の家に夕顔が咲いているのを見つけるシーン。この花がきっかけとなり、二人の恋が始まる

COURSE 6

光源氏と女性たちの邸宅 六条院の敷地へ！ 五条・六条コース

ごじょう・ろくじょう

〈渉成園～源融河原院址～夕顔の碑～風俗博物館〉

六条院の規模に驚き！
京都駅起点の便利コース

『源氏物語』の魅力のひとつが、光源氏が縁ある女性たちと住んだ大豪邸・六条院の描写！春・夏・秋・冬の4エリアに分けて、住人の女性の好みを考えてデザインをしたというから、その財力とセンスにはビックリ。六条院のモデルの平安貴族・源融の邸宅があったのが、現在の渉成園付近や源融河原院址と考えられている。かつて広がっていたかもしれない源融の御殿をイメージしながら、ゆかりの地をゆっくり歩いてみて！また、あわせてめぐれる五条（今の松原通付近）エリアは、光源氏の乳母の「五条なる家」と、光源氏が通った恋人・夕顔の家の設定地。悲劇的な結末を迎えたラブストーリーを思い出しながら訪ねてみよう。

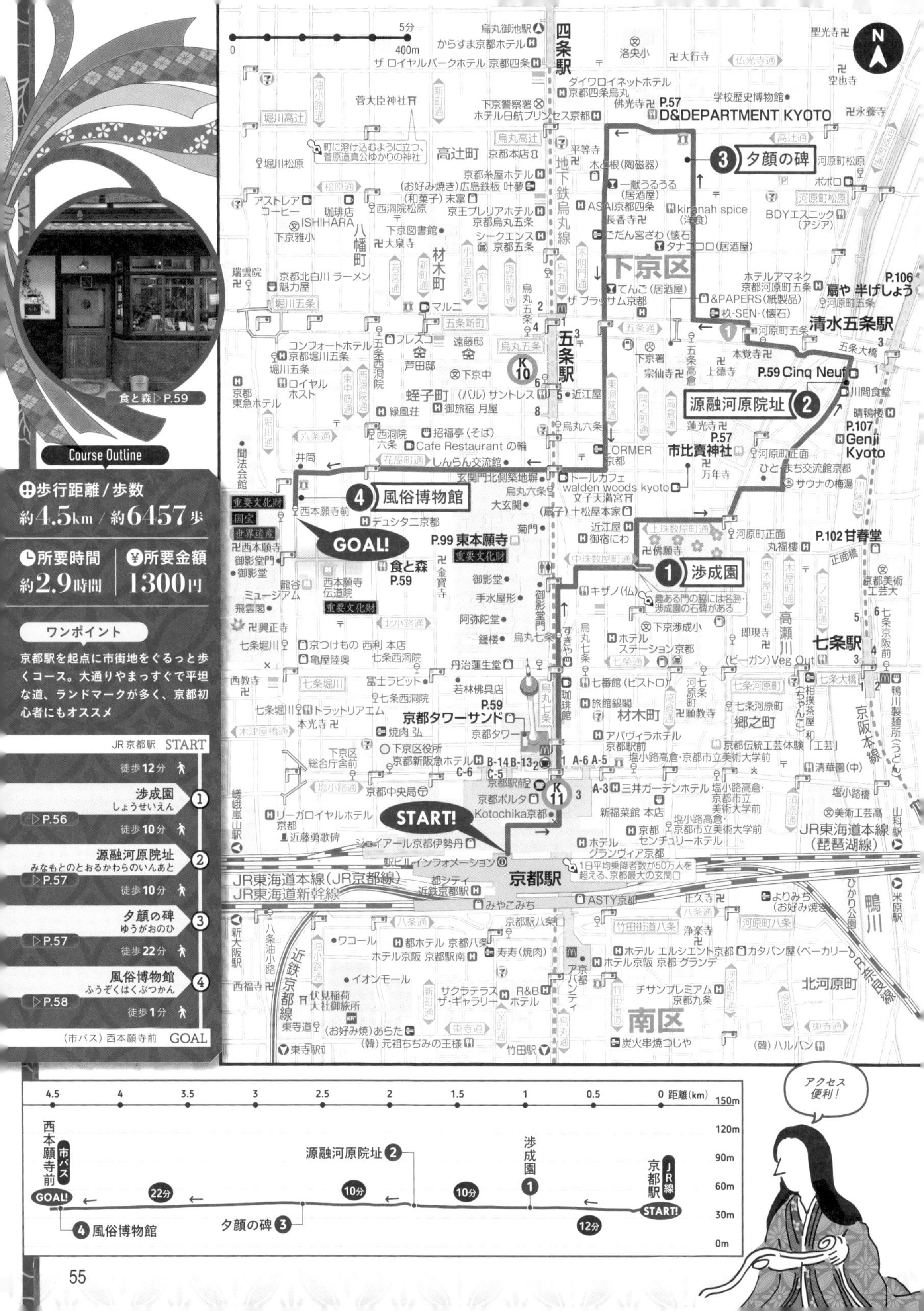
Course Outline
歩行距離／歩数
約4.5km／約6457歩
所要時間
約2.9時間
所要金額
1300円
ワンポイント
京都駅を起点に市街地をぐるっと歩くコース。大通りやまっすぐで平坦な道、ランドマークが多く、京都初心者にもオススメ
JR京都駅 START
徒歩12分
渉成園 しょうせいえん ① ▷P.56
徒歩10分
源融河原院址 みなもとのとおるかわらのいんあと ② ▷P.57
徒歩10分
夕顔の碑 ゆうがおのひ ③ ▷P.57
徒歩22分
風俗博物館 ふうぞくはくぶつかん ④ ▷P.58
徒歩1分
（市バス）西本願寺前 GOAL
食と森▷P.59
5分
0
400m
START!
GOAL!
① 渉成園
② 源融河原院址
③ 夕顔の碑
④ 風俗博物館
京都駅
下京区
南区
四条駅
五条駅
七条駅
清水五条駅
P.57 D&DEPARTMENT KYOTO
P.59 Cinq Neuf
P.107 Genji Kyoto
P.106 扇や 半げしょう
P.102 甘春堂
P.99 東本願寺
P.59 食と森
P.59 京都タワーサンド
P.57 市比賣神社
町に溶け込むように立つ、菅原道真公ゆかりの神社
趣ある門の脇には名勝・渉成園の石碑がある
1日平均乗降者数が50万人を超える、京都最大の玄関口
重要文化財
国宝
世界遺産
JR東海道本線（JR京都線）
JR東海道新幹線
JR東海道本線（琵琶湖線）
近鉄京都線
京阪本線
鴨川
0 距離(km)
0.5
1
1.5
2
2.5
3
3.5
4
4.5
150m
120m
90m
60m
30m
0m
JR線 京都駅 START!
12分
渉成園 ①
10分
源融河原院址 ②
10分
夕顔の碑 ③
22分
④ 風俗博物館
市バス 西本願寺前 GOAL!
アクセス便利！

Check!! 庭園（ていえん）

庭園内には渉成園十三景と呼ばれる名所がある。写真は回棹廊という橋で、1884（明治17）年ごろに再建されたもの。昔は朱塗りの欄干の反橋だったとか

大豪邸！光源氏が暮らした六条院を想像…

リアル六条院!? 四季の草花が彩る庭園

① 渉成園

●しょうせいえん

渉成園は東本願寺の飛地境内地（別邸）で、東本願寺の宣如上人が徳川家光から土地を寄進され、隠居所として屋敷を造ったのが始まり。敷地は平安時代初期、嵯峨天皇の第8皇子の源融が造営した六条河原院苑池の遺跡ともいわれ、『源氏物語』で光源氏が紫の上たちと住んだ六条院のモデルという説も。時代を超えて受け継がれた雅な雰囲気を感じてみて。

TEL 075-371-9210 MAP P.55
住 京都市下京区下珠数屋町通間之町東入東玉水町 時 9:00～17:00（11月～2月は～16:00）※受付は30分前まで 料 庭園維持寄付金1人500円以上（ガイドブック進呈） 休 無休

HP

印月池にかかる侵雪橋。京都タワーと調和したこんな景色も！

深掘りコラム

鎌倉時代からある？ 源融ゆかりの塔

印月池の小島には、源融ゆかりの塔といわれる九重の石塔が！ 渉成園が造られるより前の鎌倉時代中期に造られたと推測されている

塔身の四方には仏が刻まれている

長い切石や礎石、石臼、瓦などを大胆に組み合わせた高石垣

② 源融河原院址

●みなもとのとおるかわらのいんあと

えっ？ココも邸宅址!?スケールの大きさを実感

光源氏のモデルともいわれる源融は、摂政の藤原基経が台頭したことで河原院に隠棲したそう。河原院は、北は現在の五条通、東は柳馬場通、南は正面通、東は鴨川という8町（一説に4町）分にも及ぶ大邸宅で、貴族の邸宅らしい苑池もあったのだとか！今はひっそりと石碑が立つのみだけれど、源融のセレブぶりや、光源氏と姫たちの華麗な生活を想像してみて。

MAP P.55
住 京都市下京区木屋町通五条下ル東側 時料休 見学自由

場所は木屋町通沿い。源融は奥州の塩釜の景色をもとに苑池を造り、難波からわざわざ海水まで運んだのだとか

知ってたのしい！ふむふむコラム

knowledge column

河原院は4～8町分もの大邸宅

河原院址の推定地は、渉成園（→P.56）周辺とも木屋町五条の石碑周辺ともいわれている。仮に石碑周辺だと、4町分もの敷地ということに。まさに光源氏の夢の豪邸にふさわしい大スケール！

③ 夕顔の碑

●ゆうがおのひ

源氏の君がドハマり

薄幸の美女・夕顔を静かに偲んで

物語の序盤のミステリーといえば、巻四「夕顔」の、光源氏の恋人・夕顔が物の怪にとり殺されてしまった事件。光源氏が乳母の「五条なる家」を見舞いに訪れたところ、近くに白い夕顔の花が咲く家を見つけたのが恋の始まりで、光源氏は家の女主人・夕顔のもとに身分を隠して通うことになった。その夕顔ゆかりの地として堺町松原の一角に石碑が立っている。

MAP P.55
住 京都市下京区堺町通松原上ル西側
時料休 見学自由

石碑が立つのは「夕顔町」。モテ男・光源氏がハマった女性がココに住んでいたかも…

知ってたのしい！ふむふむコラム

knowledge column

夕顔の花に和歌を添えて…

光源氏と夕顔の出会いはとてもオシャレ。光源氏がお供に夕顔の花を手折って持ってくるように命じると、夕顔は香を焚きしめた扇に和歌を書き、その上に白い夕顔の花をのせて差し出した

『源氏絵鑑帖』巻四 夕顔（宇治市源氏物語ミュージアム蔵）

五条・六条エリアから行く 立ち寄りSPOT

五条～六条エリアには歴史ある社寺がたくさん！光源氏気分でそぞろ歩きして！

女神様たちに守護をお願い

5柱の女神様を祀る。良縁や安産祈願のほか「女人厄除け」のご利益で有名な神社。姫みくじ1000円

市比賣神社 ●いちひめじんじゃ

TEL 075-361-2775 MAP P.55
住 京都市下京区河原町五条下ル一筋目西入 時 9:00～16:30 料 境内自由 休 無休

HP

佛光寺境内で地産地消ランチ

佛光寺（ぶっこうじ）境内にある落ち着いた雰囲気のショップ＆カフェ。地元素材たっぷりの京都定食1600円（一例）

D&DEPARTMENT KYOTO ●ディーアンドデパートメント キョウト

TEL 075-343-3215 MAP P.55
住 京都市下京区高倉通仏光寺下ル新開町397 時 11:00～16:30（ドリンク～17:30LO） 休 水曜

Check!! 源氏物語の名場面を再現

館内の展示は「源氏物語～六條院の生活～」がテーマ。撮影時には六條院の春の御殿を具現展示し、光源氏や紫の上、明石の姫君の様子を表現！

名場面❶
明石の姫君の裳着
（『巻三十二 梅枝』より）
光源氏の娘・明石の姫君の裳着（成人式）。純白の装束を纏った姫君を光源氏たちが見守る

王朝ロマン！立体の平安絵巻に大感動!!

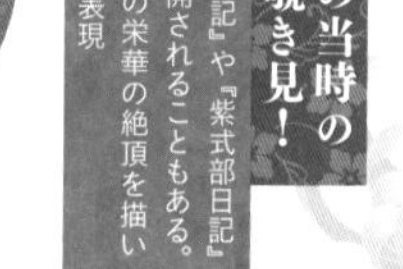

Check!! 紫式部の当時の生活も覗き見！

紫式部の時代の『小右記』や『紫式部日記』を元にした展示が展開されることもある。撮影時には藤原道長の栄華の絶頂を描いた『小右記』の場面を表現

前太政大臣道長
御簾の奥には中宮威子

名場面❸
道長の娘三人の立后
（『小右記』より）
藤原道長の三女・威子が後一条天皇の中宮になった場面。有名な「望月の歌」が詠まれた

平安をリアルに

緻密な調度品や装束で平安時代を再現

菊の着せ綿

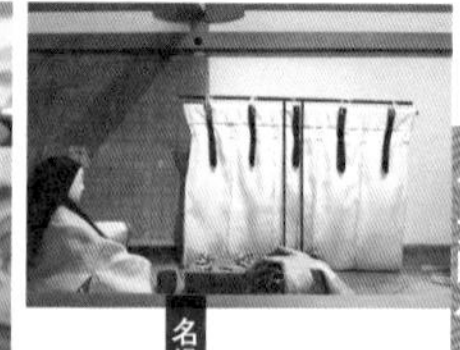

名場面❹
重陽の節句
（『紫式部日記』より）
紫式部が、藤原道長の正妻・源倫子に特別に菊の着せ綿を賜った場面。重陽の節句も描く

④ 風俗博物館
●ふうぞくはくぶつかん

古代から近代までの日本の風俗・衣裳を実物展示する博物館として生まれ、現在は時期によって『源氏物語』のさまざまなシーンを選んで具現展示をする。綿密な研究によって具現化された平安時代の世界は、調度品、装束、登場人物の表情や仕草まで美しくてため息もの！時期によって違う場面が見られ、『竹取物語』の展示もあるので何度も訪れてみて。

TEL 075-351-5520 MAP P.55
住 京都市下京区堀川通新花屋町下ル 井筒左女牛ビル5F 時 開館期間は10:00～17:00 料 800円 休 日曜・祝日、お盆、展示替期間 ※開館期間は要確認

HP

※展示時期によって内容は変動。ページ内のテーマ・写真は2023年の一例

さんぽ途中のおたのしみ

LUNCH & CAFE & SHOP

歩き疲れたら町家のランチスポットや鴨川ビューカフェで休憩を。おみやげは京都駅前で！

町家で おばんざいランチ

築約100年の元豆腐店の町家で、京都の食材を活用したおばんざいを楽しめる。自家製スイーツもアリ

食と森 ●しょくともり

TEL 080-4703-4028 MAP P.55

住 京都市下京区蛭子水町605 時 11:30～15:00

休 Instagram要確認

プレートランチ1350円の内容は日替わりで汁物、雑穀米付き。野菜を使ったおばんざいがたっぷり

鴨川ビュー ×自家製菓子

店内から鴨川を一望し、自家製のケーキとスペシャルティコーヒーでひと休み。テラス席も人気

Cinq Neuf ●サンク ヌフ

TEL 075-744-1079

MAP P.55

住 京都市下京区西橋詰町798-1 時 10:00～18:00

休 不定休

ランチ、スイーツ、ドリンクともに揃うので立ち寄りやすい！写真はケーキの一例、バスクチーズケーキ650円

京グルメも最新みやげも

京都タワービル内のB1F～2F。美食、土産、体験がテーマの複合施設で、京都を代表するグルメや土産ショップ、カフェが集まる

京都タワーサンド

●きょうとタワーサンド

TEL 075-746-5830 (10:00～19:00)

MAP P.55

住 京都市下京区烏丸通七条下ル東塩小路町721-1 時 11:00～23:00 (B1F)、10:00～21:00 (1F)、10:00～19:00 (2F) ※一部店舗により異なる 休 無休

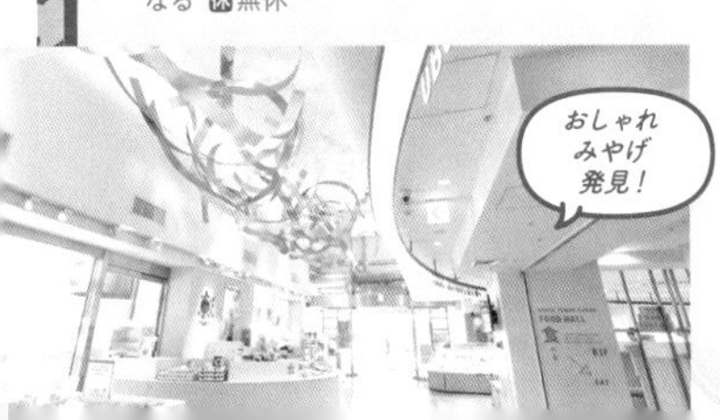

名場面❷

冊子づくりする女房

（『巻三十二 梅枝』より）

東宮に入内する明石の姫君のため、名筆家の書を集めた冊子を制作！編集長は光源氏

Point!!

なんて華やか！ 平安時代の文化を知ろう

具現展示の中には、平安時代の遊びや装束などをリアルに学べるディテールがたくさん！登場人物たちの遊びや装束など、細かい部分まで注目してみよう

偏つぎ（へんつぎ）／漢字の知識を競い合う遊びで、偏と旁（つくり）に分かれた札を使って文字を完成させたりする。『源氏物語』に光源氏が若紫と偏つぎをして遊ぶ場面がある

偏つぎ

襲色目（かさねのいろめ）／日本特有の四季の色どりを装束の色目として表現する文化。写真は左から菖蒲の根と葉の色の対比を表した若菖蒲かさね（旧暦4～5月）、白撫子かさね（旧暦4～6月）

襲色目

装束（しょうぞく）／平安装束とは皇族・貴族など高貴な人が着た衣服の総称。博物館内では等身大の女性衣裳も展示されているので、柄や素材に注目してじっくり鑑賞してみて！

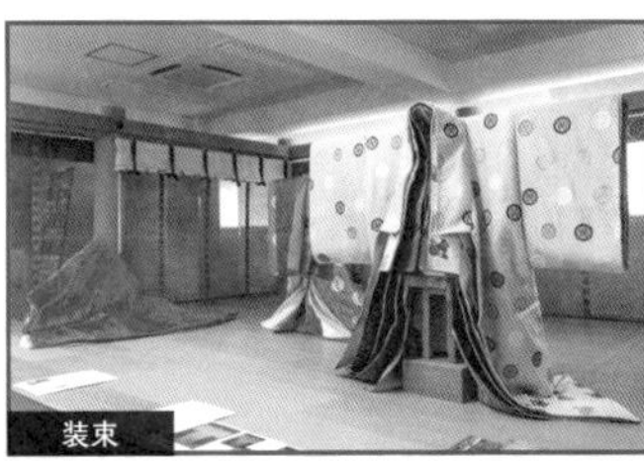

装束

●**小右記**（しょうゆうき・おうき）／平安時代の公卿・藤原実資の日記。当時の政務や儀式が細かく記録されていて、同時代に栄華を極めた藤原道長一族の様子もうかがい知れる

●**紫式部日記**（むらさきしきぶにっき）／紫式部が一条天皇の中宮・彰子に仕えた期間の日記。宮中生活の記録としては、彰子の敦成親王（後一条天皇）出産とその祝いの儀式なども詳細に書かれている。また、清少納言や同僚の女房への人物評など、紫式部自身の個人的な思いを綴った部分もある

●**菊の着せ綿**（きくのきせわた）／旧暦9月9日の重陽の節句にちなんだ習慣。前日の9月8日に菊の花を真綿で覆って菊の香りを移し、翌日の朝に露を含んだその真綿を顔に当てた。菊は古くから不老長寿の薬効があると信じられ、平安人は若さと健康を祈願したのだとか

GENJI STORY column.3

光源氏の夢の大邸宅 六条院をリアルに感じたい！

光源氏が造営して縁のある女性たちと住んだ大豪邸・六条院！宇治市源氏物語ミュージアム（→P.72）の展示室で縮小模型が見られる

六条院とは？

六条京極に光源氏が造った大邸宅。敷地は、六条御息所が娘の秋好中宮に伝えた邸宅部分を含め、4町分（約6万3500㎡）！光源氏は敷地を春夏秋冬4つに分け、それぞれに女性を住まわせた

それぞれの女性の好みに合うよう趣向が凝らされた

誰が暮らした？

恋多き光源氏の人生で、特に縁の深い女性が住む。紫の上、明石の君といった妻たちはもちろん、夕顔の忘れ形見の玉鬘や六条御息所の娘・秋好中宮など、縁のある女性の身内も暮らした

六条院のモデルともいわれる源融河原院址（→P.57）

『源氏絵鑑帖』巻二十一 乙女（宇治市源氏物語ミュージアム蔵）

春の町

住人 光源氏・紫の上・明石の姫君・女三の宮

光源氏の拠点で、紫の上と明石の姫君が暮らした。巻三十四「若菜上」以降は、朱雀院の娘で光源氏に降嫁した女三の宮も住み、紫の上は東の対に移ることに。紅梅や桜など春の花がたくさん！

総面積
約6万3500㎡
一般貴族邸宅の4倍！
東京ドームよりちょっと広めの大豪邸

光源氏が六条院の造営を始めた様子は巻二十一「乙女」に登場。どうせなら自分や紫の上だけでなく、都のあちこちに暮らす気がかりな女性たちも住める広い邸宅にしよう！と思ったそうだけど、経済力も行動力もさすが！

『源氏絵鑑帖』巻二十八 野分（宇治市源氏物語ミュージアム蔵）

秋の町 住人 秋好中宮

秋好中宮が母・六条御息所から引き継いだ邸宅があった場所で、縁のある中宮の里内裏になった。元からある築山に紅葉の木を植え、地下から湧き出る泉を遣水にして、岩や滝も設けた

夏の町 住人 花散里・玉鬘

光源氏と信頼関係のある花散里が住む。花散里は夕顔の娘・玉鬘の養育を任され、玉鬘も一時ここで暮らした。夏の木陰のようなイメージで造られ、東側に春の町まで続く馬場がある

冬の町 住人 明石の君

明石の君が移り住んだ。町の北側の御倉町との境には松の垣を造り、冬のはじめに朝露が美しく結ぶよう菊の垣も作った。雪景色の観賞にぴったりの設計だそう

Check!! 御倉町（みくらまち）

冬の町の北側には、光源氏の財産を納める蔵が立ち並ぶエリアが。平安時代、摂関家や受領（ずりょう）の邸宅に多く併設され、財力の象徴とされたのだそう！

Check!! 寝殿造（しんでんづくり）

平安時代の貴族の住宅様式。南向きの寝殿を中心に、東・西・北に対屋（たいのや）を建て、渡殿と呼ばれる廊下でつないだ。正面には主の好みを反映した庭がある

六条院縮小模型（宇治市源氏物語ミュージアム蔵）

1 優美な渡月橋は嵐山のシンボル。明石の君の邸宅もこのあたり？ 2 嵯峨嵐山文華館で百人一首の基本を知ろう！ 3 斎王ゆかりの野宮神社を参拝！ 4 歌人と縁の深い常寂光寺。紅葉の時期は特にオススメ 5 旧嵯峨御所 大本山 大覚寺の大沢池

『源氏絵鑑帖』巻十 賢木（宇治市源氏物語ミュージアム蔵）

嵐山は光源氏と六条御息所ゆかりの地。「賢木」に、光源氏が晩秋の嵯峨・野宮（野宮神社のあたり）を訪ね、六条御息所と会うシーンが描かれている。榊の枝を御簾の中に差し入れて歌を交わした

絶景
スポットも

嵐山 祐斎亭 ▷ P.65

COURSE 7

貴族が恋した絶景！プライベートリゾート地

嵐山コース

〈渡月橋～野宮神社～旧嵯峨御所 大本山大覚寺〉

平安貴族も光源氏も訪ねた自然豊かな嵐山～嵯峨野

嵐山といえば、今も昔も自然豊かなエリア。京都市街からアクセスが便利なため、平安貴族たちは別荘を建てたり、舟遊びをしに行ったりと、リゾート的な使い方をしていた。『源氏物語』でも、明石の君が明石から移り住んだ場所として、また、六条御息所が斎王となる娘とともに身を清めた地として登場する。秋の嵐山を背景にした光源氏と六条御息所の別れは、悲しくも美しい名場面。コースでは、その舞台・野宮神社や、百人一首とゆかりの深い嵯峨嵐山文華館と常寂光寺、源融の山荘跡にある清涼寺などをめぐる。足を延ばして嵯峨野の旧嵯峨御所 大本山大覚寺を訪ね、平安貴族が舟遊びをしたという大沢池も拝観したい。

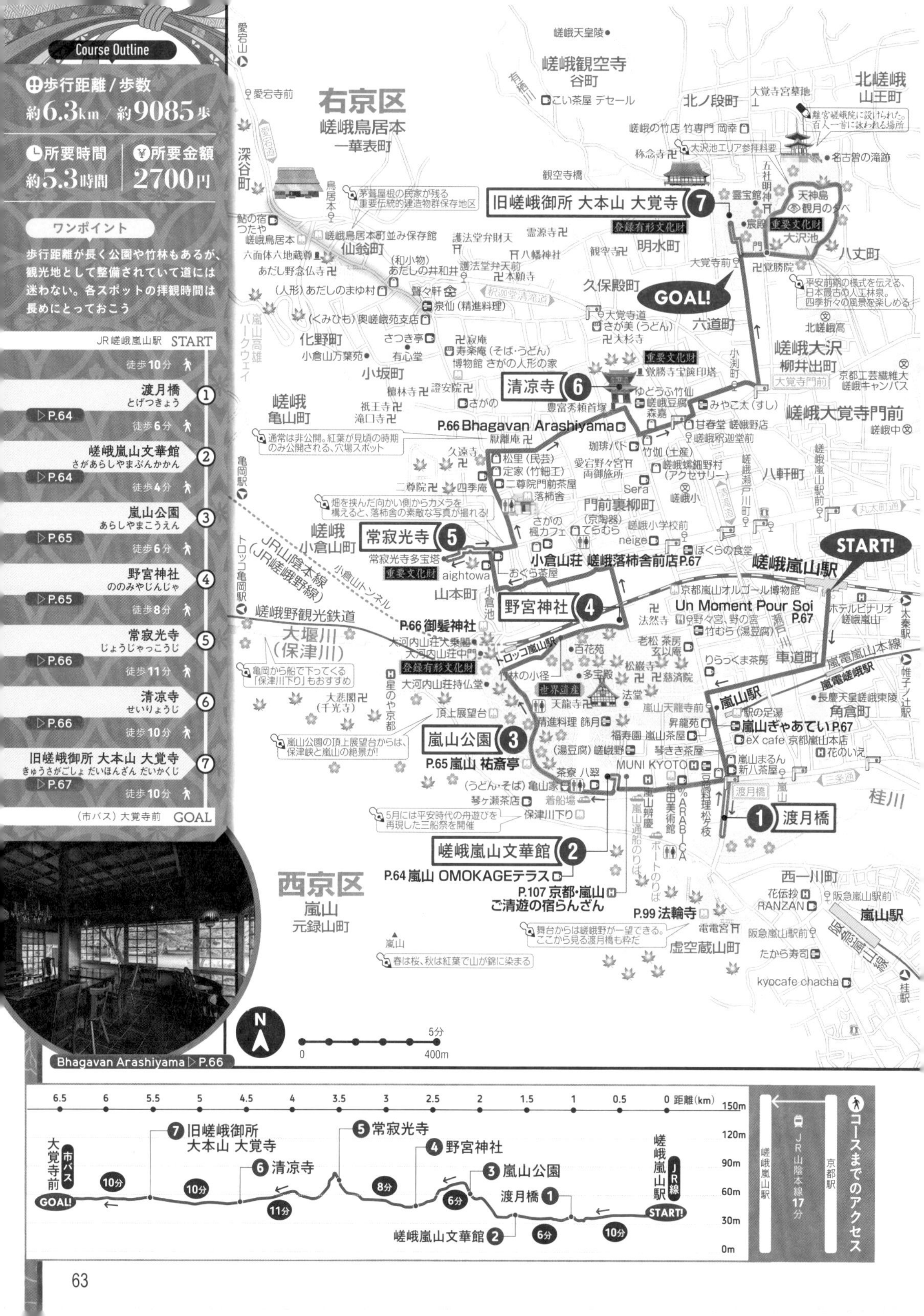
Course Outline
歩行距離／歩数
約6.3km／約9085歩
所要時間
約5.3時間
所要金額
2700円
ワンポイント
歩行距離が長く公園や竹林もあるが、観光地として整備されていて道には迷わない。各スポットの拝観時間は長めにとっておこう
JR嵯峨嵐山駅 START
徒歩10分
渡月橋 とげつきょう 1
▷P.64
徒歩6分
嵯峨嵐山文華館 さがあらしやまぶんかかん 2
▷P.64
徒歩4分
嵐山公園 あらしやまこうえん 3
▷P.65
徒歩6分
野宮神社 ののみやじんじゃ 4
▷P.65
徒歩8分
常寂光寺 じょうじゃっこうじ 5
▷P.66
徒歩11分
清凉寺 せいりょうじ 6
▷P.66
徒歩10分
旧嵯峨御所 大本山 大覚寺 きゅうさがごしょ だいほんざん だいかくじ 7
▷P.67
徒歩10分
（市バス）大覚寺前 GOAL
Bhagavan Arashiyama ▷P.66
右京区
嵯峨鳥居本
一華表町
西京区
嵐山
元録山町
START!
嵯峨嵐山駅
GOAL!
旧嵯峨御所 大本山 大覚寺 7
清凉寺 6
常寂光寺 5
野宮神社 4
嵐山公園 3
嵯峨嵐山文華館 2
渡月橋 1
登録有形文化財
重要文化財
世界遺産
茅葺屋根の民家が残る重要伝統的建造物群保存地区
通常は非公開。紅葉が見頃の時期のみ公開される、穴場スポット
畑を挟んだ向かい側からカメラを構えると、落柿舎の素敵な写真が撮れる！
亀岡から船で下ってくる「保津川下り」もおすすめ
嵐山公園の頂上展望台からは、保津峡と嵐山の絶景が！
5月には平安時代の舟遊びを再現した三船祭を開催
舞台からは嵯峨野が一望できる。ここから見る渡月橋も粋だ
春は桜、秋は紅葉で山が錦に染まる
平安前期の様式を伝える、日本最古の人工林泉。四季折々の風景を楽しめる
離宮嵯峨院に設けられた。百人一首に詠われる場所
大沢池エリア参拝料要
P.66 Bhagavan Arashiyama
P.66 御髪神社
小倉山荘 嵯峨落柿舎前店 P.67
Un Moment Pour Soi P.67
嵐山ぎゃあてい P.67
P.65 嵐山 祐斎亭
P.64 嵐山 OMOKAGEテラス
P.107 京都・嵐山 ご清遊の宿らんざん
P.99 法輪寺
大堰川（保津川）
桂川
JR山陰本線（JR嵯峨野線）
嵯峨野観光鉄道
嵐電嵐山本線
5分
0 400m
距離(km)
6.5 6 5.5 5 4.5 4 3.5 3 2.5 2 1.5 1 0.5 0
150m 120m 90m 60m 30m 0m
市バス 大覚寺前 GOAL!
JR線 嵯峨嵐山駅 START!
10分 10分 11分 8分 6分 6分 10分
コースまでのアクセス
京都駅
JR山陰本線17分
嵯峨嵐山駅

明石の君たちも眺めた癒やしの景色

ここの場面で 巻十九
薄雲（うすぐも） 他
嵐山は明石の君が京へ上って過ごした「大堰の館」がある地。「薄雲」には明石から連れてきた明石の姫君を光源氏宅へ引き渡すつらいシーンもある

自然が織り成す平安貴族も愛した絶景

① 渡月橋（保津川・大堰川）

●とげつきょう（ほづがわ・おおいがわ）

自然あふれる嵐山は、古くから貴族が景色を愛でてきた特別な場所。シンボリックな渡月橋は平安時代に弘法大師空海の弟子・道昌によって造られ、橋を渡った先に法輪寺（ほうりんじ）があることから法輪寺橋と呼ばれていたそう。現在の渡月橋という名前は、鎌倉時代に亀山上皇が舟遊びをしたとき、満月が橋を渡っているように見えたからつけられたのだとか！

MAP P.63 住 京都市右京区嵯峨中ノ島町

知ってたのしい！ ふむふむコラム

knowledge column

平安時代にはすでに有名な遊興地

嵯峨天皇が離宮を造った頃から、嵐山〜嵯峨野は平安貴族にとってちょっと非日常なリゾートだった。ちなみに、渡月橋が架かる大堰川は、橋から上流は保津川、下流は桂川と呼ばれている

平安貴族気分で散策したい！

紫式部の歌も選ばれた百人一首の里のミュージアム

② 嵯峨嵐山文華館

●さがあらしやまぶんかかん

百人一首が立体化！

嵯峨嵐山エリアの小倉山といえば、歌人・藤原定家（ふじわらのていか）の選定で百人一首が生まれた地！嵯峨嵐山文華館では、この地で誕生して愛されてきた百人一首の歴史を中心に紹介する。装束からポーズまで個性あふれる100体の歌仙人形から、紫式部を探してみるのも楽しい。

TEL 075-882-1111
MAP P.63
住 京都市右京区嵯峨天龍寺芒ノ馬場町11 時 10:00〜16:30
料 1000円 休 展示替期間

HP

館内で一服

カフェ利用だけでもOK！
庭に面したテラスで休憩♪京都ポークボンレスハムと10種の野菜のサラダ、バタートーストセット1800円

嵐山 OMOKAGEテラス
●あらしやま オモカゲテラス
TEL 075-882-1111
MAP P.63
住 嵯峨嵐山文華館内
時 10:00〜16:30 休 不定休

知ってたのしい！ ふむふむコラム

knowledge column

百人一首と嵐山

藤原定家は平安時代末期から鎌倉時代初期に活躍した歌人。定家は小倉山の山荘で100人の歌人の歌を1人1首ずつ選んだ。ミュージアムにはさまざまな時代の百人一首かるたが収蔵されている

嵯峨嵐山文華館蔵

③ 嵐山公園

●あらしやまこうえん

平安時代からの景勝地・嵐山内、亀山、中之島、臨川寺の3エリアにわたって広がる公園。亀山エリアは、明石から京都へ上った明石の君が住んだ「大堰の館」があったあたりかも？春は桜、秋は紅葉の絶景を眺めながら、光源氏と明石の君の恋を想像してみて。

MAP P.63 住京都市右京区嵯峨亀ノ尾町6 嵐山公園亀山地区

明石の君の邸宅はどこ？

嵐山公園から行く！
立ち寄りSPOT

嵐山の大自然と調和した窓の部屋。翡翠色の大堰川も見える

異なる場所から嵐山を眺める

染色作家・奥田祐斎氏のアートギャラリー。築150年の建物は後嵯峨・亀山上皇の離宮・亀山殿跡に立つ

嵐山 祐斎亭 ●あらしやま ゆうさいてい

TEL 075-881-2331 MAP P.63
住京都市右京区嵯峨亀ノ尾町6
時10:00～17:00（予約制、季節・日によって変動あり）料2000円（見学）休木曜（11月は無休）

HP

深掘りコラム
天皇しか着られない衣装の色がある？

嵯峨天皇は日本最高位・天皇のみが着られる衣服の色として黄櫨染（こうろぜん）を定めた。奥田祐斎氏は研究によってそれが太陽の光で色が変化する特別な染めだったと解明！

ここの場面で 巻十八 **松風**（まつかぜ）

明石から大堰の館に移った明石の君を、光源氏が訪ねる。光源氏は明石の君との間の娘のかわいらしさを見て、手元に引き取りたいと考える

④ 野宮神社

●ののみやじんじゃ ▷P.101

神社がある野宮は、かつて天皇の代理で伊勢神宮に仕えた斎王が、伊勢へ向かう前に身を清めた地。場所は天皇の即位ごとに決められ、嵯峨天皇の皇女・仁子内親王が斎王になる際に現在の野宮神社の場所が使用されたそう。『源氏物語』巻十「賢木」では、六条御息所の娘（のちの秋好中宮（あきこのむ））がこの地に暮らしたあと、華麗な斎王群行をして伊勢へ向かった。

TEL 075-871-1972
MAP P.63
住京都市右京区嵯峨野宮町1 時9:00～17:00
料境内自由 休無休

HP

六条御息所の娘が斎王群行した神社

ここの場面で 巻十 **賢木**（さかき）

光源氏との恋に傷付いた六条御息所は、娘の斎王とともに伊勢へ向かうことに。光源氏は秋の美しい野宮を訪ね、別れを惜しんで歌を詠み交わす

「開運招福お守り」は、表と裏に源氏物語の絵が！1体2000円

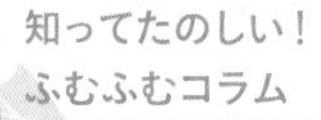

知ってたのしい！ふむふむコラム
knowledge column

斎王群行って何？

斎王が一定期間身を清めたあと、監送使、官人・女官など数百人と一緒に伊勢へ向かった旅のこと。野宮神社では毎年10月下旬に当時の雅な様子を再現した祭・斎宮行列を行っている

⑤ 常寂光寺

●じょうじゃっこうじ

平安歌人・定家の山荘はココに？

小倉山、亀山、嵐山の麓は、平安時代から鎌倉時代に多くの皇族・貴族が山荘を構えたリゾート地。小倉山の山腹の常寂光寺境内には、藤原定家の小倉山荘跡と伝わる場所が存在！定家はここで百人一首を選定したといい、自らも「忍ばれむものともなしに小倉山 軒端の松ぞ馴れて久しき」と和歌を詠んだ。自然を愛した貴族のつもりで境内をめぐってみて。

TEL 075-861-0435 MAP P.63
住 京都市右京区嵯峨小倉山小倉町3
時 9:00〜16:30 料 500円 休 無休

HP

仁王門は味わい深い茅葺。仁王像は伝快慶作

境内の高台にある謌僊祠（かせんし、歌仙祠）。定家と同時代の歌人の藤原家隆を祀る

知ってたのしい！ふむふむコラム

藤原定家は「源氏物語」の恩人!?

定家は和歌はもちろん平安時代の物語にも詳しく、『源氏物語』の写本を作った。物語は原本がなくさまざまな写本で伝わってきたが、定家筆の写本は現存する最古のものといわれている！

光信／定家卿図（東京国立博物館所蔵）画像出典：ColBase（https://colbase.nich.go.jp）

knowledge column

嵐山公園から行く！立ち寄りSPOT

美しい黒髪は女の命！

鎌倉時代の日本初の髪結職・藤原采女亮政之を祀る。美髪祈願や理容・美容技術上達祈願にぜひ！

御髪神社

●みかみじんじゃ

TEL 075-882-9771
MAP P.63
住 京都市右京区嵯峨小倉山田淵山町10-2 時 9:30〜16:00（社務所）
料 境内自由 休 無休

理・美容師でなくても欲しい「匠守」1800円

櫛の形もかわいらしい「御髪守」800円

知ってたのしい！ふむふむコラム

knowledge column

現代とはちょっと違う！平安美人の三条件!!

平安時代の美人の条件は ❶長くて艶やかなストレート黒髪 ❷色白ポッチャリ、顔は下ぶくれ ❸美文字、音楽の才能、教養…と、現代人の感覚だとちょっと意外かも？ もちろん内面の美しさが重視されるのは今も同じ！

⑥ 清涼寺

●せいりょうじ

光源氏のモデル・源融の山荘跡と伝わる地

光源氏のモデルともいわれる平安貴族・源融の山荘跡にあった棲霞寺（せいかじ）が前身。物語では光源氏が「嵯峨の御堂」を造ったことが描かれ、それが清涼寺ともいわれている。本堂に祀られる釈迦如来立像は、インド、中国、日本へとはるばる渡ってきた、まさに三国伝来の仏様。紫式部の時代から信仰されてきた、優しい顔の仏様に会いにいきたい！

TEL 075-861-0343 MAP P.63
住 京都市右京区嵯峨釈迦堂藤ノ木町46 時 9:00〜16:00（4・5・10・11月は〜16:30）料 400円 休 無休

HP

ここの場面で 巻十七 絵合（えあわせ）

世の中を無常と思う光源氏は、出家のため「山里ののどかなる」場所に御堂を造り始める。でも、子どもたちの教育を思うとまだ出家できなかった

知ってたのしい！ふむふむコラム

光源氏が実在したらこんなお顔？

境内の霊宝館には棲霞寺の本尊だった阿弥陀三尊像を収蔵。真ん中の中尊は棲霞寺を作った源融の顔立ちを写したともいわれ、それなら光源氏のルックスを想像するヒントにもなりそう!?

国宝 阿弥陀三尊像 清涼寺蔵

knowledge column

特別公開情報【御本尊開扉】：毎月8日11:00〜、4・5・10・11月／【霊宝館特別公開】：4・5・10・11月、本堂霊宝館共通券700円

時代は変わっても"のどかなる山里"に誘われて

茶 境内で一服

庭師さんが展開する清涼寺の庭カフェ

作庭のオーナーたちが展開するカフェで、和×アンティーク家具の魅力的な空間。写真は愛宕詣1200円

Bhagavan Arashiyama

●ヴァガバァーン アラシヤマ

TEL 非公開 MAP P.63
住 京都市右京区嵯峨釈迦堂藤之木町46 時 10:00〜18:00 休 不定休

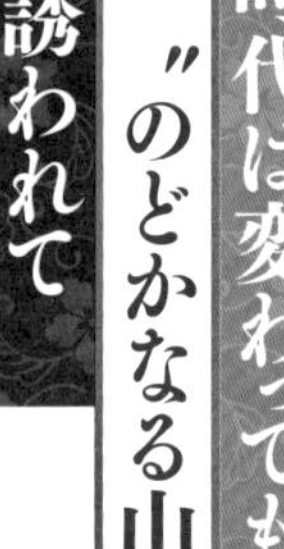

さんぽ途中のおたのしみ

LUNCH & SHOP

嵐山～嵯峨野はとにかく歩く！山里ならではの眺めも楽しみながらエネルギー補給しよう！

本格フレンチで優雅なランチを

水墨画家の矢田作十路氏の作品を鑑賞しながら、京都の素材を生かしたアーティスティックなフレンチを楽しもう

Un Moment Pour Soi

●アンモモンプーソワ

TEL 075-873-0100 MAP P.63

住 京都市右京区嵯峨天龍寺立石町1-4 時 10:00～20:00LO 休 無休

ランチセットはメイン、パスタ、パンで2980円。コース料理やケーキバイキングでゆっくり過ごすのもおすすめ

あれこれ食べたい腹ペコ女子に大人気

生麩や湯葉、京野菜などの素材を盛り込んだおばんざいが充実。「ぎゃあてい」は般若心経の一節で、天龍寺の和尚が命名

嵐山ぎゃあてい ●あらしやまぎゃあてい

TEL 075-862-2411 MAP P.63

住 京都市右京区嵯峨天竜寺造路町19-8 時 11:00～14:30LO 休 水曜、不定休

メニューは1種のみ。小鉢がいっぱいのビジュアルもカワイイ季節替わりのおばんざいを！ぎゃあてい御膳2500円

百人一首にこだわったパッケージも素敵！

小倉百人一首に込められたスピリットを受け継ぐおかきなどの菓子が定番。国産のお米など、素材や製法にこだわったおかきが大人気！

小倉山荘 嵯峨落柿舎前店

●おぐらさんそう さがらくししゃまえてん

TEL 075-881-8800 MAP P.63

住 京都市右京区嵯峨小倉山堂ノ前町20-7

時 10:00～17:00 休 月曜

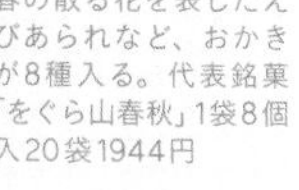

春の散る花を表したえびあられなど、おかきが8種入る。代表銘菓「をぐら山春秋」1袋8個入20袋1944円

元は嵯峨天皇と檀林皇后の新婚の地

⑦ 旧嵯峨御所 大本山 大覚寺

●きゅうさがごしょ だいほんざん だいかくじ ▷P.99・101

嵯峨天皇が檀林皇后との結婚時に建てた離宮嵯峨院が発祥で、天皇と交流のあった弘法大師空海も訪れた。876(貞観18)年に皇女・正子内親王によって寺に改められ、以後は代々皇族が門跡を務める門跡寺院に。『源氏物語』では、光源氏が嵯峨野に建てる御堂の描写部分で「大覚寺」と名前が登場。平安時代の人々にとってはおなじみの寺院だった。

TEL 075-871-0071 MAP P.63

住 京都市右京区嵯峨大沢町4 時 9:00～16:30 料 お堂エリア500円、大沢池エリア300円 休 無休（行事により内拝・散策不可日あり）

HP

宸殿は江戸時代に後水尾天皇が下賜した寝殿造の建物。元は宮中で女御御殿として使われていて、妻飾りや蔀戸（しとみど）も雅！

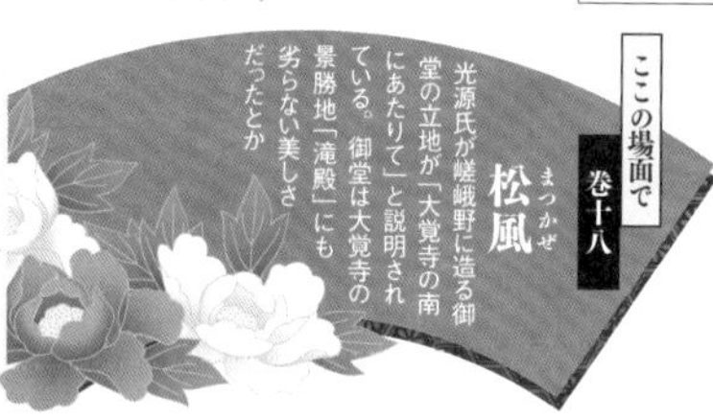

ここの場面で 巻十八

松風（まつかぜ）

光源氏が嵯峨野に造る御堂の立地が「大覚寺の南にあたりて」と説明されている。御堂は大覚寺の景勝地「滝殿」にも劣らない美しさだったとか

知ってたのしい！ふむふむコラム

knowledge column

光源氏のモデル 嵯峨天皇と源融

美男子で大豪邸や別荘もあり…というハイスペックな源融は、実は嵯峨天皇の第12皇子。源の姓を賜って臣籍に下り、左大臣まで出世したという点も光源氏とリンクする

嵐山エリアから行く！

立ち寄りSPOT

紫式部の氏神様

奈良の春日大社（→P.93）の神を勧請。藤原氏の氏神で、紫式部は神社そばの「小塩山」を和歌に詠んだ

大原野神社

●おおはらのじんじゃ

TEL 075-331-0014

MAP P.19A-3

住 京都市西京区大原野南春日町1152

時 料 境内自由 休 無休

HP

温かみのある木彫りの「神鹿みくじ」700円

ここの場面で 巻二十九

行幸（みゆき）

大原野へと向かう冷泉帝の行幸の様子が登場！ヒロイン・玉鬘は後宮入内を悩んでいたが、行列や帝の華やかさを見てから前向きに考えるようになった

COURSE 8

源氏物語のフィナーレ「宇治十帖」の世界を探索 宇治コース

〈宇治川〜宇治市源氏物語ミュージアム〜三室戸寺〉

風光明媚な宇治が舞台 薫の恋物語が開幕

『源氏物語』の五十四帖のうち最後の十帖は「宇治十帖」と呼ばれる。主に宇治が舞台の物語で、主人公の薫と宇治の大君(おおいぎみ)、中の君、浮舟たちによるドラマチックな人間模様が描かれていく。丸ごと聖地ともいえる宇治に着いたら、まずは紫式部の像がある宇治川の宇治橋へ。そこから藤原道長・頼通親子ゆかりの平等院や、平安時代から信仰されてきた社寺を巡ろう。また、宇治には源氏物語専門の博物館である宇治市源氏物語ミュージアムがあり、ファンは必見。物語の基本を学べ、体験型の展示も充実しているので、見学時間をしっかり取れるようプランニングしたい。お茶の聖地・宇治では、お茶スイーツで休憩するのもいい。

①宇治川の朝霧橋のそばに匂宮と浮舟の像がある ②平等院の鳳翔館ミュージアムへ ③宇治市源氏物語ミュージアムの展示室の六条院の模型をチェック ④スポット間はさわらびの道を歩いてめぐろう♪ ⑤世界遺産の宇治上神社。拝殿は国宝！ ⑥三室戸寺は「宇治山の阿闍梨」ゆかりの地

©平等院

『源氏絵鑑帖』巻四十五 橋姫（宇治市源氏物語ミュージアム蔵）

画帖は宇治十帖の巻四十五「橋姫」で、薫が宇治八宮邸を訪ねるシーン。薫は大君と妹の中の君が箏（琴）と琵琶を弾くのを偶然垣間見てしまう。月を招くポーズをとっているのが中の君

お茶スイーツも

通圓茶屋▷P.75

たま木亭▷P.75
Course Outline
歩行距離／歩数
約5.9km／約8514歩
所要時間
約5.2時間
所要金額
2200円
ワンポイント
京都市街から少し距離があるため、宇治コースだけで1日とるのがベター。⑥と⑦間の歩行距離が長く、上り坂もあるのでのんびり行こう
JR宇治駅 START
徒歩10分
宇治川 うじがわ ① ▷P.70
徒歩7分
平等院 びょうどういん ② ▷P.71
徒歩4分
宇治市源氏物語ミュージアム うじしげんじものがたりみゅーじあむ ③ ▷P.72
徒歩1分
さわらびの道 さわらびのみち ④ ▷P.74
徒歩4分
宇治神社 うじじんじゃ ⑤ ▷P.74
徒歩2分
宇治上神社 うじかみじんじゃ ⑥ ▷P.74
徒歩22分
三室戸寺 みむろとじ ⑦ ▷P.75
徒歩13分
京阪三室戸駅 GOAL
中書島駅
六地蔵駅
宝蔵院 P.75
萬寿院
黄檗駅
京都芸術高
黄檗駅
萬福寺 P.75
蔵林寺
黄檗公園
宇治おうばく病院
慈福院
宇治霊園
P.75 たま木亭
莵道高
恋の聖地やで♡
羽戸山
京滋バイパス
宇治トンネル
笠取IC
京阪宇治線
宇治東IC前
宇治東IC
和食麺処サガミ
安養寺
厳嶋神社
奈良線
アル・プラザ
宇治西IC
ラ ヴィータ（伊）
奈良街道
宇治市
莵道
GOAL!
三室戸駅
宇治川
シェ・アガタ（洋菓子）
念仏寺
三室戸寺
京都翔英高校
莵道稚郎皇子御墓
茶づな
伊藤久右衛門 宇治本店
歩きやすく整備された道が三室戸寺まで続いている
三室戸小
お茶と宇治のまち歴史公園
宇治駅
TUNNEL CAFE
雲上茶寮 P.73
明星町
京阪宇治駅前観光案内所
宇治市源氏物語ミュージアム
宇治川
P.75 通圓茶屋
さわらびの道
宇治市観光案内所
P.70 紫式部像
宇治橋
宇治十帖モニュメント
宇治上神社 世界遺産 国宝 重要文化財
志津川
START!
寺島屋彌兵衛商店
橋姫神社
宇治神社 重要文化財
宇治駅
抹茶共和国
P.70 朝霧橋
恵心院
興聖寺
P.75 中村藤吉本店
朝日焼窯元
福寿園宇治茶工房
茶筅塚
興聖寺石門から山門に続く参道「琴坂」は、紅葉の名所としても有名
宇治署
城陽駅
慶長年間に朝日山の麓にて開窯し、遠州七窯のひとつに数えられる朝日焼の窯元
縣神社
喜撰橋
十三重石塔 重要文化財
平等院ミュージアム鳳翔館
宇治
蘭林寺
平等院 世界遺産 国宝
茶房藤花 P.71
莵道小
N
0 5分 400m
6 5.5 5 4.5 4 3.5 3 2.5 2 1.5 1 0.5 0 距離(km)
150m 120m 90m 60m 30m 0m
三室戸寺 7
宇治市源氏物語ミュージアム 3
さわらびの道 4
宇治神社 5
宇治上神社 6
平等院 2
宇治川 1
三室戸駅 京阪 GOAL!
13分 20分 4分 7分 10分
宇治駅 JR線 START!
コースまでのアクセス
京都駅 JR奈良線 23分 宇治駅
69

ここの場面で 巻五十一 浮舟（うきふね）

夜の川でデートをする匂宮と浮舟。秘密の恋でも、二人が川を渡って「橘の小島」の和歌を詠むシーンはやっぱりロマンチック！

Check!! 紫式部像（むらさきしきぶぞう）

宇治橋の西詰にある紫式部像は、フォトスポットとして大人気！平安時代には紫式部が本当にココで物語の構想を練ったのかも…なんて夢が膨らみそう

匂宮と浮舟がデート！ 三角関係の舞台

Check!! 朝霧橋（あさぎりばし）

朱色の欄干が雅な橋は、宇治川に浮かぶ橘島と宇治上神社方面を結ぶ。橋の西岸に宇治川で和歌を詠んだ恋人たち・匂宮と浮舟のモニュメントがある

① 宇治川

●うじがわ

宇治十帖の恋物語のイメージが膨らみそう

宇治十帖のテーマのひとつが、浮舟、薫、匂宮の三角関係。薫の恋人・浮舟の魅力にハマった匂宮は、浮舟を舟で宇治川の対岸に連れていってお忍びデートまで…。宇治川の流れを背景に展開される物語を、川を見ながら感じてみたい。宇治川に架かるシンボリックな宇治橋は、646(大化2)年に奈良の元興寺の僧・道登(どうとう)が造ったもの。

MAP P.69

住 宇治市宇治蓮華

時 料 休 見学自由

知ってたのしい！ふむふむコラム

浮舟は宇治川に入水？

薫と匂宮の板挟みに苦しんだ浮舟は死を決意。周囲の人々は浮舟が失踪したことに気づき、宇治川に入水したのではと悲しみに暮れる。実は浮舟は横川の僧都に助けられている！

『源氏絵鑑帖』巻五十一 浮舟
(宇治市源氏物語ミュージアム蔵)

knowledge column

② 平等院 世界遺産

●びょうどういん

道長・頼通親子の夢見た極楽浄土！

まるで鳳凰が羽を広げた姿のように見える国宝の鳳凰堂（阿弥陀堂）は、10円玉の絵柄としても有名！鳳凰堂は藤原道長の息子・頼通(よりみち)が、極楽浄土に憧れる父の思いを継いで建て、仏教の経典にある極楽浄土の宮殿を具現。外観、内装ともに当時の最先端の技術が用いられていて、道長親子の祈りが伝わってくるよう。

TEL 0774-21-2861 MAP P.69

住 宇治市宇治蓮華116 時 8:30～17:15（最終受付）、鳳翔館は9:00～16:45（最終受付） 料 600円 休 無休

HP

© 平等院

Check!! 阿弥陀如来坐像(あみだにょらいざぞう)

鳳凰堂内には平安時代後期の仏師・定朝作の阿弥陀如来坐像を安置。天蓋の中央には八花鏡がはめられ、堂内に入る光を反射していたのだそう。国宝

A 鳳翔館ミュージアムの雲中供養菩薩像。さまざまな楽器を持ったり、舞ったり、合掌したりと一体ずつ違う姿に感動！ B 雲中供養菩薩像 南20号。雲中供養菩薩像は全52躯で国宝 C 雲中供養菩薩像 北25号

© 平等院

茶 境内で一服

© 平等院

本格宇治茶を境内でいただく

宇治市内・近郊産の茶葉で淹れる日本茶をカジュアルに。宇治 抹茶600円（オリジナル和菓子付き）

茶房藤花

●さぼうとうか

TEL 0774-21-2861（平等院）

MAP P.69

住 宇治市宇治蓮華116 平等院境内 時 10:00～16:00LO 休 月・火・水曜（祝日の場合は営業）

知ってたのしい！ ふむふむコラム

knowledge column

平安貴族が信じた末法（まっぽう）思想

頼通が父の意思を継いで平等院を開いた1052（永承7）年は、末法初年にあたると信じられた。人々は死後の世界に救いを求め、世の中には末法思想と浄土信仰が広がっていった

© 平等院

鳳翔館内。鳳凰堂内部の再現展示

Check!! 鳳凰堂(ほうおうどう)

1053（天喜元）年に関白・藤原頼通が建立。池の中島に建てられた優美な姿は、まるで極楽浄土の宮殿のイメージそのもの！池に映り込んだ姿も幻想的

© 平等院

平安貴族の目線で『源氏物語』に入門

③ 宇治市源氏物語ミュージアム

●うじしげんじものがたりミュージアム ▷P.103

『源氏物語』や宇治が主な舞台の十帖「宇治十帖」を知るなら、まずは平安時代を身近に感じられるこの施設へ！復元模型や映像、体験コーナーなどの親しみやすい展示を通し、ストーリーやキャラクターに触れられる。展示室のほか、関連書籍の閲覧ができる図書室や、庭に面したスタイリッシュなカフェの利用もおすすめ。

TEL 0774-39-9300
MAP P.69
住 宇治市宇治東内45-26 時 9:00～17:00（最終受付16:30） 料 600円 休 月曜（祝日の場合は翌日）

HP

平安の間と宇治の間をつなぐ架け橋。壁に京都から宇治への道のりが描かれている

平安京と光源氏をテーマにした展示室・平安の間。垣間見中の光源氏を発見！

池の上に造られたガラス張りの入り口。図書室やカフェは無料ゾーンにある

有名な車争いの場面を描いた巻九「葵」(宇治市源氏物語ミュージアム蔵)

貴重な収蔵品。表紙、裏表紙ともに布張りで、四隅に葵紋の金具が施されている

所蔵品はコレ

『源氏絵鑑帖(げんじえかがみちょう)』 伝土佐光則 筆

折り本二帖で構成され、各巻一場面ずつ絵が収められている。光源氏や姫たちの華麗な装束はもちろん、景色や庭の草花など細かいところまで魅力的

Point!!

平安貴族をまるっと体験

館内の物語の間や「源氏物語に親しむコーナー」に注目を！光源氏気分で垣間見をしたり、源氏香の文化に触れたりと、入門者も五感で楽しめる展示が！

A 源氏絵大集合

B 動く源氏物語

C 垣間見(かいまみ)

A 源氏絵大集合／所蔵品『源氏絵鑑帖』に描かれている絵が集合！ルーレットを回して出てきた絵を探してみて **B 動く源氏物語**／指定されたポーズをクリアすると詳しい説明が読める仕組み **C 垣間見(かいまみ)**／平安時代の恋の始まり、垣間見をドキドキで体験

源氏香の図と体験用の香、スタンプが並ぶ

まずは用意された5種の香りを順番に感じて…

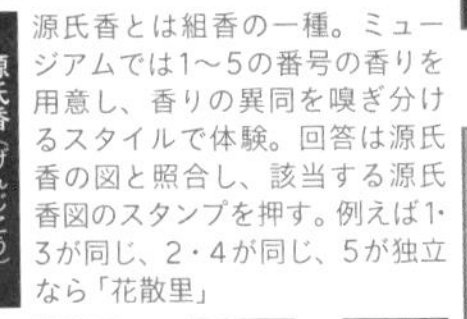

5種の香の異同を判断してスタンプを。正解は受付に！

源氏香(げんじこう)

源氏香とは組香の一種。ミュージアムでは1〜5の番号の香りを用意し、香りの異同を嗅ぎ分けるスタイルで体験。回答は源氏香の図と照合し、該当する源氏香図のスタンプを押す。例えば1・3が同じ、2・4が同じ、5が独立なら「花散里」

〈一例〉

花散里

玉鬘

浮舟

物語の世界へダイブ

平安時代っておもしろい！

Check!!

宇治の間(うじのま)

部屋が丸ごとシアターの宇治の間は宇治十帖がテーマ。紗幕や実物大のセットで宇治十帖の名シーンを間近に見ると、物語に入り込んだような気持ちになれる

等身大の寝殿造を見学

Check!!

六条院模型(ろくじょういんもけい)

光源氏が女性たちと住んだ六条院の模型。ハイビジョン映像と連動していてわかりやすい！春、夏、秋、冬、それぞれの町に住んだ女性を想像してみて

茶

館内で一服

本格宇治茶を気軽に楽しむ

宇治茶を中心とした日本茶をおしゃれなスタイルで提供。雲や平安時代の庭園モチーフのスイーツも人気

匂宮、大君、中の君、浮舟など、宇治十帖の登場人物の名が付いたメニューがズラリ。アイスティーはじっくり水出し。玉露 薫990円。おみやげ用のお茶クッキー 紫1箱980円

雲上茶寮

●うんじょうさりょう

TEL 0774-34-0466

MAP P.69

住 宇治市宇治東内45-26 源氏物語ミュージアム館内 時 9:00〜17:00(16:30LO) 休 月曜(祝日の場合は翌日)

山の麓沿いに続くさわらびの道。与謝野晶子が宇治十帖に寄せた10首の和歌の碑を発見！

④さわらびの道

●さわらびのみち

宇治十帖ゆかりの地をつなぐ散歩道

宇治神社周辺から宇治市源氏物語ミュージアム（→P.72）方面へ続く散策路で、名前はもちろん宇治十帖の巻四十八「早蕨」が由来。早蕨に登場する光源氏の異母弟・宇治八の宮の邸宅をこの付近に設定したと思われ、八の宮の娘たちの大君、中の君も住んでいた？とイメージが膨らみそう！物語で薫や匂宮が歩いたかもしれない道をゆっくり散策しよう。

MAP P.69 住宇治市宇治 時料休見学自由

風光明媚な地が舞台 ドラマチックに絡み合う 宇治の姫たちの恋

⑤宇治神社

●うじじんじゃ

応神天皇の皇子で、学問の神様、受験・試験合格の神様としても知られる菟道稚郎子命（うじのわきいらつこのみこと）を祀る。かつて御祭神が河内の国からこの地に向かう際に案内役をしたという「みかえり兎」の伝説も有名で、良縁や正しい道への信仰を求めて参拝する人が多い。人生や恋に迷った平安貴族も、宇治の氏神様の御祭神に助けを求めたかも!?

TEL 0774-21-3041

MAP P.69

住宇治市宇治山田1

時料境内自由 休無休

HP

道に迷った貴族にヒントをくれた？

御朱印

『みかえりうさぎ朱印』

（ごしゅいん『みかえりうさぎしゅいん』）

御祭神を振り返って道案内するみかえり兎の御朱印がカワイイ。通年、500円

神様を助けたみかえり兎がかわいい

宇治神社 令和三年十一月二十一日

手水舎にもウサギが！境内の「願いうさぎ」はパワースポットなのだそう♪

⑥宇治上神社 世界遺産

●うじかみじんじゃ

宇治の姫たちを見守った平安後期建立の本殿

応神天皇、菟道稚郎子命、仁徳天皇を祀る。平安時代後期に建てられ、国宝に指定された本殿は、現存する日本最古の神社建築として有名。実は紫式部は、御祭神の菟道稚郎子命を宇治十帖の重要キャラクター・宇治八の宮のモデルにしたともいわれる。境内に並ぶ優美な建築を前にすると、彼の山荘のイメージが湧いてきそう！

TEL 0774-21-4634

MAP P.69

住京都府宇治市宇治山田59

時9:00～16:30

料境内自由 休無休

HP

境内には宇治の名水・桐原水が湧く。ここで手を清めて参拝を

Check!!

拝殿（はいでん）

国宝の拝殿。建物は寝殿造で軒先から庇が突き出た縋破風（すがりはふ）が見どころ。拝殿の後ろに山が続き、すがすがしい空気が漂っている

さんぽ途中のおたのしみ

LUNCH & CAFE & SHOP

宇治茶の本場ではやっぱり抹茶スイーツを食べたい！遠方ファンが多いベーカリーも外せない

平安人も ひと休みした老舗

平安時代末期から宇治橋近くで旅人が立ち寄った茶舗。茶葉販売のほか茶房でお茶や抹茶スイーツを提供

通圓茶屋

●つうえんちゃや

TEL 0774-21-2243

MAP P.69

住 宇治市宇治東内1 時 10:30～17:30(17:00LO)※販売9:30～17:30 休 無休

豊臣秀吉や徳川家康も立ち寄ったという茶舗で、宇治川を眺めながらひと休み。玉露とお菓子1000円

茶商の 特製スイーツがズラッ

1854（安政元）年創業の茶商。昔の製茶工場を改装した本店のカフェで、庭を見ながら抹茶スイーツを

中村藤吉本店

●なかむらとうきちほんてん

TEL 0774-22-7800

MAP P.69

住 宇治市宇治壱番十番地

時 カフェ・販売10:00～17:30（16:30LO）休 無休

竹の器に入ったパフェには抹茶ソフトや生茶ゼリイなどが盛りだくさん！まるとパフェ1650円

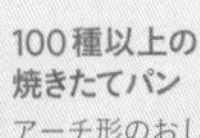

100種以上の 焼きたてパン

アーチ形のおしゃれな棚には焼き立てのパン約100種がズラリ！おかず系もおやつ系も幅広く揃う

たま木亭

●たまきてい

TEL 0774-38-1801

MAP P.69

住 宇治市五ヶ庄平野57-14

時 7:00～18:45

休 月～水曜

ロングセラーのパン揃い。写真はフランスパン生地に厚切りのベーコンたっぷりのパンシュー304円

⑦ 三室戸寺

●みむろとじ

恋に迷った薫が頼った宇治山の僧のモデル？

770（宝亀元）年に光仁天皇の勅願で創建された寺院で、アジサイやツツジなど四季折々の花が境内を埋め尽くすことで有名。宇治十帖では、薫や宇治八の宮が仏道の師と仰いだ「宇治山の阿闍梨」が三室戸寺の僧だった？と解釈されている。阿闍梨が薫に宇治八の宮について話したことで、薫は宇治の姫たちと知り合うことになった。

TEL 0774-21-2067

MAP P.69

住 宇治市菟道滋賀谷21

時 4～10月は8:30～15:40、11～3月は～15:10 料 500円（2～7月、11月は1000円）休 8月13～18日、12月29～31日

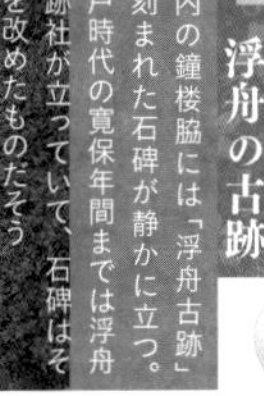

御朱印 『宇治十帖 浮舟』

（ごしゅいん〔うじじゅうじょう うきふね〕）

宇治十帖のヒロイン、浮舟の名前が入る御朱印。ほか「光る君へ」切り絵御朱印も登場！

江戸時代建築の本堂。初夏は周囲に蓮が咲いて夢のような雰囲気

Check!! 浮舟の古跡（うきふねのこせき）

境内の鐘楼脇には「浮舟古跡」と刻まれた石碑が静かに立つ。江戸時代の寛保年間までは浮舟古跡社が立っていて、石碑はそれを改めたものだそう

浮舟古跡社の本尊だった浮舟観音は浮舟念持仏として伝わっている

三室戸寺から行く！ 立ち寄りSPOT

お寺めぐりが好きなら、ぜひもうひと足延ばして萬福寺周辺へ！

大陸風の精進料理

江戸時代に隠元隆琦禅師が開いた中国と縁の深い萬福寺。禅師が伝えた精進料理（普茶料理）は予約制

萬福寺

●まんぷくじ

TEL 0774-32-3900

MAP P.69

住 宇治市五ケ庄三番割34 時 普茶料理11:30～13:00（境内は9:00～16:30）料 各コースの料理代に拝観料含む 休 無休（普茶料理は要予約）

HP

特別普茶御膳「あおい」。1人1万1000円、2名から。1日2組限定

黄檗山萬福寺

話題のヴィーガンラーメン

萬福寺塔頭の宝蔵院で、1日30食限定で寺そばを提供！植物性食材のみ使用の精進ラーメンでランチを

宝蔵院

●ほうぞういん

TEL 0774-31-8026

MAP P.69

住 宇治市五ケ庄三番割34-34 時 11:00～14:00（売り切れ次第終了）休 日～水曜

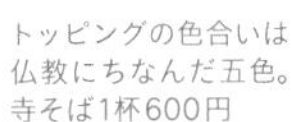

トッピングの色合いは仏教にちなんだ五色。寺そば1杯600円

源氏物語の

六条院がモデル！城南離宮

白河上皇は、城南宮を囲むように造営した城南離宮（鳥羽離宮）で院政を行った。上皇がインスピレーションを受けたのが『源氏物語』の六条院！大地を掘って山を築くなど、大掛かりな工事を行って夢のような景色を作り上げた

GENJI STORY column.4

源氏物語の世界を彩る植物と名庭を愛でたい！

城南宮の神苑には、『源氏物語』ゆかりの草花が約80種植栽されている！趣の違う5つのエリアで構成される神苑を拝観しよう　※しだれ梅と椿まつり期間中は「春の山」と「平安の庭」のみ公開

どんな植物が見られる？

紫式部
●むらさきしきぶ

作者・紫式部の名前がついた、薄紫色の上品な花。花は6月ごろ、紫色の愛らしい実は秋に観賞できる

末摘花（紅花）
●すえつむはな（べにばな）

染料にする際、茎の末にある花から摘み採る。光源氏が通った姫・末摘花の呼び名の由来でもある

八重山吹
●やえやまぶき

秋好中宮の女房が六条院の春を「風吹けば波の花さへ色みえて こや名に立てる山吹のさき」と詠んだ

撫子
●なでしこ

撫子は常夏（とこなつ）とも呼ばれた。物語では光源氏が玉鬘を撫子にたとえて和歌を詠んでいる

藤袴
●ふじばかま

巻三十「藤袴」の巻名にもなっている花。平安時代には乾燥させた藤袴を部屋に飾って香りを楽しんだ

女郎花
●おみなえし

秋の七草の一種で黄色い花。巻三十九「夕霧」には、一条御息所が女郎花を詠んだ和歌が登場する

源氏物語に登場する植物は約110種類!

京都府立植物園の約24万㎡の敷地には、『源氏物語』に登場する約110種の植物のうち、90種近くが植えられている！松や菖蒲、山桜などの定番から、街なかでは珍しい種類まで、訪れる季節によって違う植物に出合える

京都府民が誇る植物園

1924（大正13）年に「大典記念京都植物園」として開園。観覧温室や自然林・半木（なからぎ）の森などがあり、植物の宝庫。

京都府立植物園
きょうとふりつしょくぶつえん

TEL 075-701-0141

MAP P.45

住 京都市左京区下鴨半木町
時 9:00～16:00（受付終了）
料 200円 休 無休

桜(さくら)と紅葉(こうよう)の名所

180品種500本の桜を育成栽培し、春は桜品種見本園や桜林など園内一帯で桜が咲き誇る！秋は半木（なからぎ）の森周辺の約200本の紅葉が特に見事。鏡のような池に映り込む様子にもうっとり

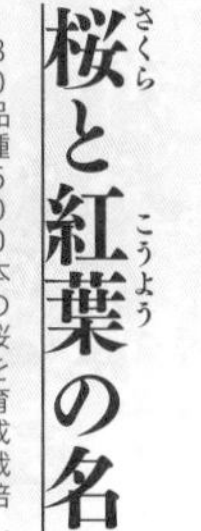

山桜（樺桜）
●やまさくら（かばざくら）

野山に自生する桜がヤマザクラ。植物園では栽培品種のサトザクラの保存育成も大切にしている

A 春の花で埋め尽くされる植物園。観覧温室には約4500種類の熱帯の植物が B 秋はモミジやイチョウ、フウなどが色づく

しだれ梅(うめ)と椿(つばき)まつり

しだれ梅や椿が見ごろを迎える2月18日から3月22日まで、「しだれ梅と椿まつり」が行われる。「春の山」のしだれ梅のエリアを通り過ぎると、うす紅色のしだれ梅と真紅の落ち椿が織り成す幻想的な光景が見られる！

創建されてから1200年！

平安遷都の際に国と都の守り神として創建され、城南宮とは平安城の南に鎮まるお宮の意味。方除（ほうよけ）の神様としても有名。

城南宮
じょうなんぐう

▷P.97

TEL 075-623-0846

MAP P.19B-3

住 京都市伏見区中島鳥羽離宮町7 時 9:00～17:00（御朱印・守札授与）、神苑9:00～16:00（受付終了）料 神苑1000円（季節により変動。7/1～8/31、2/18～3/22は北神苑のみ公開）休 無休

春の山

神苑のエリアのひとつ。椿、枝垂れ梅、三つ葉ツツジなど、春の草木が次々に花開く様子は絶景！

平安の庭

平安貴族の邸宅・寝殿造の庭園がモデル。奥へ進むと雅な曲水の宴の舞台になる苔の庭が広がる

城南離宮の庭

かつての城南離宮を表した枯山水の庭園で、4月にはしだれ桜が咲く。2月18日から3月22日は非公開

1 桜や紅葉の名所の神應寺 2 石清水八幡宮の麓にある高良神社 3 物語で玉鬘が参詣した石清水八幡宮 4 徳川家とゆかりの深い正法寺。年に数回の特別公開をチェックしよう！ 5 四季折々の草花に彩られる八幡市立松花堂庭園・美術館。初夏は緑がまぶしい

石清水八幡宮▷P.80

『源氏絵鑑帖』巻二十五 蛍（宇治市源氏物語ミュージアム蔵）

玉鬘は石清水八幡宮や長谷寺へ参詣し、のちに光源氏の養女となる。巻二十五「蛍」の、求婚者・蛍兵部卿宮が玉鬘を訪ねる場面。光源氏が玉鬘の美しさを認識させるために蛍を放つ

COURSE 9

玉鬘ゆかりの山の上の聖地から八幡をぐるっと 石清水コース

〈神應寺～石清水八幡宮～八幡市立松花堂庭園・美術館〉

玉鬘も参詣した！石清水八幡宮から八幡へ

平安時代の人気参詣スポットのひとつが、八幡の男山にある石清水八幡宮。『源氏物語』に、ヒロインのひとりの玉鬘が、遠い筑紫から都に戻り、まず参詣した神社として登場する。麓から社殿が立つ男山の山上までは距離と高低差があり、参道ケーブルを利用することも可能だが、平安時代の人々の気持ちを体感するためにもぜひ徒歩で参拝を！参道にも見どころが点在するので、往路はまず表参道を歩くのがオススメだ。また、八幡市内にはほかにも歴史的な見どころがたくさんある。家康の側室・お亀の方ゆかりの正法寺や、八幡市立松花堂庭園・美術館などを組み合わせて楽しく歩こう。

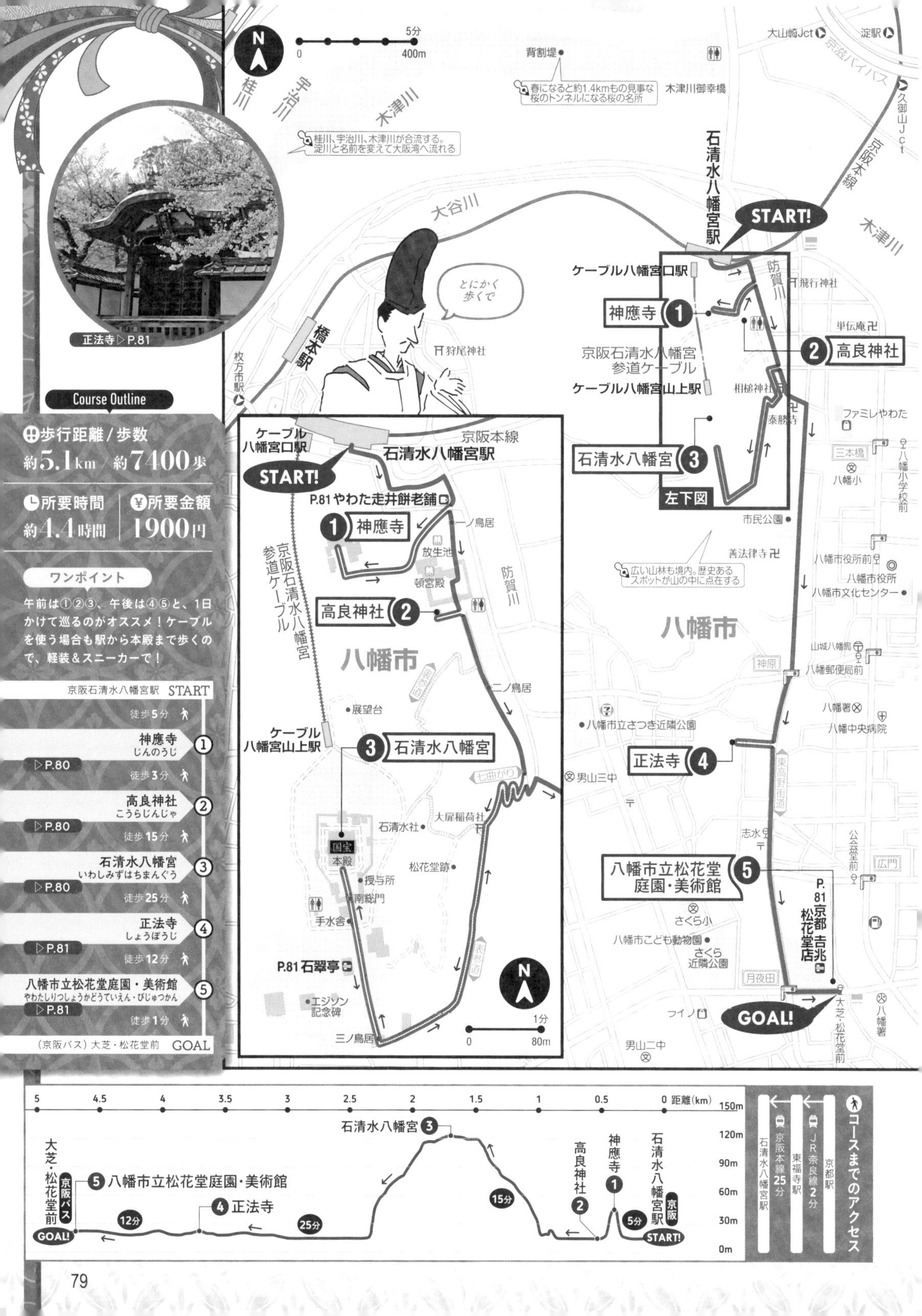

正法寺 ▷P.81
Course Outline
歩行距離／歩数
約5.1km／約7400歩
所要時間
約4.4時間
所要金額
1900円
ワンポイント
午前は①②③、午後は④⑤と、1日かけて巡るのがオススメ！ケーブルを使う場合も駅から本殿まで歩くので、軽装＆スニーカーで！
京阪石清水八幡宮駅 START
徒歩5分
神應寺 じんのうじ ①
▷P.80
徒歩3分
高良神社 こうらじんじゃ ②
▷P.80
徒歩15分
石清水八幡宮 いわしみずはちまんぐう ③
▷P.80
徒歩25分
正法寺 しょうぼうじ ④
▷P.81
徒歩12分
八幡市立松花堂庭園・美術館 やわたしりつしょうかどうていえん・びじゅつかん ⑤
▷P.81
徒歩1分
（京阪バス）大芝・松花堂前 GOAL
5分
0
400m
桂川
宇治川
木津川
桂川、宇治川、木津川が合流する。淀川と名前を変えて大阪湾へ流れる
背割堤
春になると約1.4kmもの見事な桜のトンネルになる桜の名所
木津川御幸橋
大山崎Jct
淀駅
京滋バイパス
久御山Jct
京阪本線
大谷川
石清水八幡宮駅
START!
木津川
とにかく歩くで
橋本駅
枚方市駅
狩尾神社
ケーブル八幡宮口駅
神應寺 ①
防賀川
飛行神社
単伝庵
② 高良神社
京阪石清水八幡宮参道ケーブル
ケーブル八幡宮山上駅
相槌神社
泰勝寺
ファミレやわた
石清水八幡宮 ③
左下図
三本橋
八幡小学校前
八幡小
市民公園
善法律寺
八幡市役所前
八幡市役所
八幡市文化センター
広い山林も境内。歴史あるスポットが山の中に点在する
八幡市
山城八幡局
神原
八幡郵便局前
八幡署
八幡中央病院
八幡市立さつき近隣公園
正法寺 ④
男山三中
東高野街道
志水
公会堂前
広門
八幡市立松花堂庭園・美術館 ⑤
P.81 京都吉兆松花堂店
さくら小
八幡市こども動物園
さくら近隣公園
月夜田
フイノ
GOAL!
大芝・松花堂前
八幡署
男山二中
ケーブル八幡宮口駅
京阪本線
石清水八幡宮駅
START!
P.81 やわた走井餅老舗
① 神應寺
一ノ鳥居
放生池
頓宮殿
京阪石清水八幡宮参道ケーブル
高良神社 ②
防賀川
八幡市
展望台
二ノ鳥居
ケーブル八幡宮山上駅
③ 石清水八幡宮
七曲がり
大扉稲荷社
石清水社
国宝 本殿
松花堂跡
授与所
南総門
手水舎
表参道
P.81 石翠亭
エジソン記念碑
三ノ鳥居
1分
0
80m
5　4.5　4　3.5　3　2.5　2　1.5　1　0.5　0 距離(km)
150m
120m
90m
60m
30m
0m
石清水八幡宮 ③
高良神社 ②
神應寺 ①
石清水八幡宮駅 京阪
START!
5分
15分
25分
12分
④ 正法寺
⑤ 八幡市立松花堂庭園・美術館
大芝・松花堂前 京阪バス
GOAL!
コースまでのアクセス
京都駅
JR奈良線2分
東福寺駅
京阪本線25分
石清水八幡宮駅

絶景揃い
〝やわたのはちまんさん〟から歴史さんぽ

① 神應寺

●じんのうじ

桜や紅葉が彩る別天地
本堂から奥の院へもぜひ

860（貞観2）年、石清水八幡宮を勧請した行教律師が応神天皇の霊を祀るために創建。本堂には豊臣秀頼が寄進したと伝わる衣冠束帯の秀吉の木像や、徳川家代々の位牌を安置。奥の院・杉山谷不動尊へ足を延ばすと不動明王像や矜羯羅（こんがら）童子像、制多迦（せいたか）童子像も拝める。

TEL 075-981-2109 MAP P.79
住 八幡市八幡高坊24 時 本堂拝観は予約制で10:00～15:00 料 本堂拝観500円 休 無休

1 男山中腹の本堂 2 貴重な寺宝が多数。杉戸絵の公卿観菊図は源氏絵と推測（写真は復元模写。通常非公開）

② 高良神社

●こうらじんじゃ

仁和寺の法師も間違えた？
石清水八幡宮麓の古社

石清水八幡宮の麓の頓宮にある古社で、吉田兼好（よしだけんこう）の『徒然草』第52段に登場する有名なスポットはココ！京都の仁和寺の法師が石清水八幡宮参拝に出かけたところ、山の麓の極楽寺と高良神社がそうだと勘違いして帰ってしまったという話がある。

TEL 075-981-3001（石清水八幡宮） MAP P.79
住 八幡市八幡高坊30 時 料 休 境内自由

幕末の鳥羽伏見の戦いで焼失したあと、明治時代に再建された社殿。石清水八幡宮表参道のすぐそば

ここの場面で
巻二十二
玉鬘（たまかずら）

頭中将と夕顔の娘・玉鬘は、母の死後筑紫で暮らした。都に戻った直後は悩みが尽きなかったが、石清水八幡宮と長谷寺への参拝後に運気アップ！

1 松花堂昭乗の草庵・松花堂跡 2 エジソン記念碑。白熱電球のフィラメントは神社近くの竹で作られたそう！

③ 石清水八幡宮

●いわしみずはちまんぐう

身寄りのない玉鬘が
未来を祈った神様

859（貞観元）年、行教和尚がご神託によって八幡大神を男山の峯に祀ったのが始まり。平安京の裏鬼門（西南）を守護する神社で、清和源氏をはじめ全国の武士が武運長久を祈ったことでも有名。『源氏物語』には玉鬘が豊後介（乳母の子ども）の勧めで参拝し、筑紫国（福岡）から無事に都へ戻れたお礼参りをしたエピソードが描かれている。

Check!!
御本殿（ごほんでん）

幣殿、舞殿、楼門、廻廊などが連なる八幡造の社殿。現在の優美な社殿は徳川家光によって造営され、なんと御本殿を含む10棟と棟札3枚が国宝！

TEL 075-981-3001 MAP P.79
住 八幡市八幡高坊30 時 6:00～18:00（年末年始は変動） 料 境内自由 休 無休

HP

知ってたのしい！ ふむふむコラム

knowledge column

表参道には
見どころたっぷり

男山の麓から山頂へ続く石清水八幡宮の参道～裏参道沿いには見どころがたくさん！石清水井・石清水社は神社創建以前からの聖地で、湧き出る「石清水」が神社の名前の由来になった

冬に凍らず夏に枯れない石清水が湧く

さんぽ途中のおたのしみ

LUNCH & CAFE

松花堂昭乗ゆかりの松花堂弁当や、石清水八幡宮境内・門前グルメなど名物揃い！

「松花堂弁当」を生んだ名店

日本料理店・京都 吉兆の料理を松花堂庭園の景色を眺めながら堪能。松花堂庭園・美術館に隣接する

京都 吉兆 松花堂店

●きょうと きっちょう しょうかどうてん

TEL 075-971-3311（10:30～15:00、月曜休）
MAP P.79　住八幡市八幡女郎花43-1 時完全予約制（来店希望日の2日前までに予約。予約の状況により臨時休業あり）。昼11:00～15:00（LOは料理に応じて）、喫茶13:30～15:00、夜17:00～21:30（19:00LO）※夜は金・土・日曜・祝日のみ営業 休月曜（祝日の場合は翌日）

松花堂弁当は松花堂昭乗が好んだ四つ切り箱をもとに、「吉兆」創業者が考案。松花堂弁当「雅」（イメージ）フロア席8300円

参拝とあわせて厄除けグルメ

石清水八幡宮境内の食事・休憩処。参拝後は神社のご利益にちなんだ名物の厄除うどんなどでランチを

石翠亭 ●せきすいてい

TEL 075-982-3757　MAP P.79
住八幡市八幡高坊30 時10:00～16:00 休不定休

参道を上り下りするには腹ごしらえから！定番のうどんやそばのほか、季節の甘味も参拝者に人気。厄除うどん800円

刀の形がモチーフのお餅

石清水八幡宮一の鳥居近くに立つ和菓子店。江戸時代中期から愛される名物・走井餅はやわらかくて餡たっぷりのお餅

やわた走井餅老舗

●やわたはしりいもちろうほ

TEL 075-981-0154　MAP P.79
住八幡市八幡高坊19 時9:00～17:30（喫茶は17時LO）休月曜（祝日の場合は翌日）

刀の荒身の形をしていて、剣難を逃れ、開運出世のご利益があるそう！煎茶セット（やわた福翠園製）500円

おみやげにもオススメ

④ 正法寺

●しょうぼうじ

特別公開は年に数回！家康とお亀の方ゆかりの寺

鎌倉幕府の御家人・高田蔵人忠国（のちの志水氏）が開いた寺院。安土桃山時代には志水（しみず）氏出身のお亀の方が徳川家康の側室になり、のちの尾張藩祖・義直を産んだことから、ゆかりの建物や宝物が残る。

TEL 075-981-0012　MAP P.79
住八幡市八幡清水井73 時休春・秋など年に数回公開日あり。10名以上の団体で、公開日以外の参拝希望は事前に要相談 ※2024年の特別公開は3月30・31日、5月18・19日、10月19・20日、11月23・24日 料700円

Check!! 本堂（ほんどう）

家康の死後に出家して相応院となったお亀の方が建立。鎌倉時代の作と伝わる本尊の阿弥陀如来及両脇坐像を安置。本堂、大方丈前には庭園が広がる

お亀の方が寄進した本堂・唐門・大方丈に加え、小方丈・書院・鐘楼・庫裏が並ぶ境内

深掘りコラム

家康がひと目ぼれしたお亀の方

お亀の方がアプローチされたのは家康が伏見城にいたころ。3度目で、この出会いが人生の大転機になったのかも

⑤ 八幡市立 松花堂庭園・美術館

●やわたしりつしょうかどうていえん・びじゅつかん

椿や桜、紅葉も…四季の草花が彩る大庭園

石清水八幡宮の社僧・松花堂昭乗（しょうかどうしょうじょう）ゆかりの草庵・松花堂や泉坊書院など、八幡の歴史的な建物を受け継いだ施設。四季折々の草花が彩る庭園は約2万㎡の広さ！敷地に併設した美術館には松花堂昭乗筆「百人一首色紙帖」など、風雅を愛した文人と縁の深い品を収蔵。

TEL 075-981-0010
MAP P.79
住八幡市八幡女郎花43-1 時9:00～17:00 料庭園入園300円、美術館入館400円～（展覧会により異なる）休月曜（祝日の場合は翌日）※庭園内の草庵「松花堂」は特別公開時のみ見学可能。詳細はHPで要確認

HP

1 庭園は外園と内園で構成。春は桜や藤がキレイ！ 2 庭園の竹・笹類は40種以上 3 松花堂昭乗が隠居後に住んだ草庵「松花堂」。広さは2畳で茶室の役目もあった 4 八幡の紅葉名所のひとつ

1 まずは東塔の根本中堂を目指そう 2 西塔のにない堂 3 横川の横川中堂 4 横川は「横川の僧都」ゆかりの地。境内に石碑が立っている 5 比叡山会館にある喫茶 れいほうからは琵琶湖を一望できる！山内はレイクビュースポットの宝庫

恵心堂▷P.85

COURSE 10

浮舟を助けた高僧・横川の僧都の足跡を追う！ 比叡山コース

〈根本中堂〜にない堂〜横川中堂〜恵心堂〜四季講堂〉

『源氏絵鑑帖』巻五十四 夢浮橋（宇治市源氏物語ミュージアム蔵）

物語終盤、浮舟は横川の僧都に助けられ、小野の尼君のもとへ身を寄せる。「夢浮橋」に、薫の使いの小君が、尼君と浮舟のもとへ手紙を届ける場面が描かれている。そして物語はいよいよフィナーレへ

失踪した浮舟を助けたキーパーソン・横川の僧都

平安時代に伝教大師最澄が開いた比叡山延暦寺は、多くの貴族が崇め、名僧たちが誕生した、まさに聖地と呼べる場所。比叡山一帯に広がる境内は東塔、西塔、横川の3エリアに分けられ、『源氏物語』の「宇治十帖」終盤ではこの横川を拠点とした「横川の僧都」がキーパーソンになる。比叡山へは京都の八瀬方面から叡山ケーブル・ロープウェイで行けるが、京都駅起点なら滋賀側からが便利。ケーブル延暦寺駅からまずは東塔エリアの根本中堂を目指し、その後東塔・西塔・横川を繋ぐシャトルバスも活用しつつ一日かけて山内をめぐろう。深い山の空気をじっくり味わいたい。

にない堂▷P.84
Course Outline
歩行距離／歩数
約4.2km／約6014歩
所要時間
約3.7時間
所要金額
1600円
ワンポイント
とにかく歩くコースなので、軽装＆スニーカーで、シャトルバスも使おう！気温が京都市街より低いため、温度調節できる服装がベスト
ケーブル延暦寺駅 START
徒歩13分
根本中堂 こんぽんちゅうどう ① ▷P.84
徒歩30分
にない堂（法華堂） にないどう（ほっけどう） ② ▷P.84
比叡山内シャトルバス10分（徒歩67分）
（バス停）横川
徒歩4分
横川中堂 よかわちゅうどう ③ ▷P.85
徒歩6分
恵心堂 えんしんどう ④ ▷P.85
徒歩4分
四季講堂（元三大師堂） しきこうどう（がんざんだいしどう） ⑤ ▷P.85
徒歩4分
（バス停）横川 GOAL
京都府
京都市
左京区
修学院
尺羅ケ谷
四明ケ嶽
牛ケ額
八瀬
秋元町
滋賀県
大津市
坂本本町
比叡山
848m 大比叡
ガーデンミュージアム比叡の園内には約1500種、10万株の花々が咲き誇る
受付
比叡山頂
今も修行の場として使われる「にない堂」
西塔
重要文化財 常行堂（にない堂）
重要文化財 釈迦堂（転法輪堂）P.84
親鸞聖人修行の地
恵亮堂
仏足石
鐘楼
相輪樘
六所社
西塔から横川へはここからシャトルバスに乗るのがおすすめ
比叡のさくら
国家鎮護の碑
西塔
巡拝受付
椿堂
西塔政所
弥勒石仏
にない堂（法華堂）②
本覚院
阿弥陀堂から西塔受付までは約1km。山の空気と木立の景色を楽しもう
浄土院
伝教大師御廟
別当大師廟
弁慶水
山王院
西塔〜横川は徒歩90分かかる（比叡山内シャトルバスもあり）
横川中堂 ③ 恵心堂 ④ 四季講堂（元三大師堂）⑤へ
横川
根本中堂は現在改修工事中。2016年から約10年間の予定
奥比叡ドライブウェイ
東塔
受付
山頂にある駐車場からは、京都市街や大津市街を眺めることができる
延暦寺に伝来する数多くの重文等を展示する「国宝館」
灌頂堂
法華総持院東塔
阿弥陀堂
延暦寺バスセンター
栄西禅師修行の地
東塔
東塔トンネル
受付
売店・休憩所
重要文化財
P.84 大講堂
戒壇院
重要文化財
比叡山国宝殿
巡拝受付
鐘楼
根本中堂 ①
世界遺産
国宝
重要文化財
（根本中堂回廊）
開運の鐘は一打100円。自由に打てる
売店・休憩所
総持坊
蓮如堂
万拝堂
P.85 鶴喜そば
比叡山和常堂店
文殊楼
星峰稲荷神社
重要文化財
無料休憩所
延暦寺事務所
大黒堂
大書院
比叡山延暦寺会館
無動寺
西尊院堂
ケーブル延暦寺駅
P.85 喫茶れいほう
P.85 比叡山延暦寺会館お土産コーナー
法然堂
亀塔
START!
坂本ケーブル
もたて山駅
ケーブル坂本駅
滋賀側からアクセス
比叡ドライブウェイ
横川カット図
GOAL!
仰木峠
横川
東海自然歩道
比叡のもみじ
受付
にない堂（法華堂）②へ
恵心堂
龍ヶ池
龍ヶ池 龍神（龍王社）
如法水
根本如法塔
横川中堂 ③
横川政所
横川
④
石仏
慈恵大師御廟
鐘楼
四季講堂（元三大師堂）⑤
箸塚辨財天社
弥勒石仏
比叡山行院
道元禅師得度の地
横川定光院（日蓮上人修行の地）
奥比叡ドライブウェイ
0 5分 400m
距離（km） 9 8 7 6 5 4 3 2 1 0
750m 700m 650m 600m 550m
恵心堂 ④
③ 横川中堂
バス 10分（徒歩67分）
30分
13分
START!
GOAL! 横川 バス
6分
⑤ 四季講堂（元三大師堂）
にない堂（法華堂）②
根本中堂 ①
坂本ケーブル ケーブル延暦寺駅
コースまでのアクセス
京都駅
JR湖西線13分
比叡山坂本駅
徒歩25分
ケーブル坂本駅
坂本ケーブル11分
ケーブル延暦寺駅

① 根本中堂

●こんぽんちゅうどう

伝教大師最澄が開いた比叡山延暦寺は平安時代の人々にとって特別な場所で、大勢の名僧が誕生した修行・学問の聖地だった。紫式部も『源氏物語』内でたびたび延暦寺を描き、同時代の名僧・恵心僧都源信（えしんそうづげんしん）がモデルと思われる「横川の僧都」をキーマンとして登場させている。東塔にある根本中堂は全山の総本堂で、本尊の薬師如来を祀る。

TEL 077-578-0001（比叡山延暦寺）
MAP P.83
住 滋賀県大津市坂本本町4220 時 東塔エリア通年9:00～16:00、西塔・横川エリア12～2月9:30～16:00、3～11月9:00～16:00（巡拝受付は各エリア共通～15:45）料 三塔巡拝共通券1000円 休 無休

HP

信心深い薫が何度も詣でた

ここの場面で 巻五十四
夢浮橋（ゆめのうきはし）

「宇治十帖」の最終章で登場。光源氏の子・薫が根本中堂に詣で、経典や仏像を寄進したことが描かれている。横川の僧都に浮舟の行方も聞いた

平安貴族も崇めた 日本仏教界トップクラスの山

知ってたのしい！ふむふむコラム

ことあるごとに登場する延暦寺

比叡山や比叡山の僧侶は物語に何度も登場。巻十「賢木」では、藤壺が桐壺帝の一周忌のため僧と「法華八講」を行い、そのあと天台座主から受戒（仏弟子として戒律を受ける）する

根本中堂は2027年12月まで大改修中

knowledge column

↑西塔から横川のアクセスはバスが最適

根本中堂から行く！ 立ち寄り SPOT

日本仏教の“母なる山”の理由

大日如来を祀り、比叡山で修行した各宗派の宗祖の木像を安置。法然、親鸞、栄西、道元などが一堂に！

大講堂 ●だいこうどう
MAP P.83 住 東塔エリア 時 9:00～16:00

② にない堂（法華堂）

●にないどう（ほっけどう）

比叡の山奥で四十九日!?

西塔にあるにない堂（法華堂）は、常行堂と法華堂という同じ形の建物が並んだ個性的なスポット。建物は渡り廊下でつながり、その姿を天秤になぞらえ、にない堂と呼ぶのだそう。『源氏物語』では、光源氏が急死した恋人・夕顔の四十九日法要を営んだ。

MAP P.83
住 西塔エリア 時 12～2月9:30～16:00、3～11月9:00～16:00

ここの場面で 巻四
夕顔（ゆうがお）

夕顔を亡くして悲しみに暮れる光源氏は、心を込めて大掛かりな法要を催した。光源氏は夕顔のことを仏に頼む願文を書き、涙をこぼした

まずはココいっとかな

にない堂から行く！ 立ち寄り SPOT

西塔エリアの中心的存在

西塔エリアの本堂で、本尊に伝教大師最澄が彫ったと伝わる釈迦如来像を祀る。現在の建物は延暦寺に現存する最も古い建物といわれ、豊臣秀吉が織田信長の死後に三井寺（園城寺）の金堂を移築したもの

釈迦堂（転法輪堂） ●しゃかどう（てんぽうりんどう）
MAP P.83
住 西塔エリア 時 12～2月9:30～16:00、3～11月9:00～16:00

知ってたのしい！ふむふむコラム

法華堂は各エリアにあった

現在は西塔のみだが、もともとは東塔、西塔、横川それぞれに法華堂があった！東塔の法華堂は江戸時代の大風で倒壊し、横川の法華堂は織田信長の焼き討ちで灰になり、それぞれ再建されなかった

knowledge column

さんぽ途中のおたのしみ

LUNCH & CAFE & SHOP

比叡山延暦寺の参拝は一日がかり。山内に食事処や喫茶があるので休憩しつつめぐろう！

300年以上の歴史がある門前そばを境内で！

東塔エリアにあるそば店。昔から高貴な人の参拝が多かった比叡山に出仕し、そばを献上してきたそう

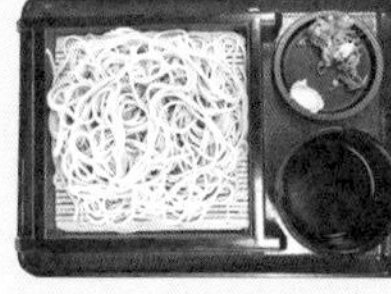

鶴喜そば 比叡山和労堂店

●つるきそば ひえいざんわろうどうてん

TEL 077-578-7083 MAP P.83

住 比叡山延暦寺内 一隅を照らす会館地下1F 時 延暦寺の開閉堂時間に準じる 休 無休

素材の味を大切にしたざるそば（冷）750円。店は延暦寺会館の中にあり、参拝の間のランチにぴったり！

琵琶湖を見下ろす絶景ロケーション！

東塔の延暦寺会館内のカフェ。琵琶湖ビューを楽しみながら、梵字をあしらったドリンクなどでひと休み

喫茶 れいほう

●きっさ れいほう

TEL 077-579-4180 MAP P.83

住 比叡山延暦寺内 延暦寺会館1階 時 7:00～20:00（梵字ラテは～16:00）休 無休

比叡山の清らかな水で淹れる梵字抹茶ラテ700円が人気。希望の干支の守り本尊の梵字を描いてもらえる！

延暦寺土産がなんでも揃う！

数珠やお香、和小物のほか、湯葉、比叡豆腐（ごま豆腐）など、比叡山らしいおみやげが勢揃いする売店。参拝後に行きたい

比叡山延暦寺会館 お土産コーナー

●ひえいざんえんりゃくじかいかん おみやげコーナー

TEL 077-579-4180（比叡山延暦寺会館）

MAP P.83 住 比叡山延暦寺内 延暦寺会館1階

時 9:00～17:00 休 無休

東塔の延暦寺会館内。山内をぐるっと参拝したあと、ケーブル・ロープウェイの待ち時間にまとめ買いするのがオススメ

③ 横川中堂

●よかわちゅうどう

横川は西塔から北へ4kmほどのところに広がるエリアで、第3世天台座主慈覚大師円仁によって開かれた聖域。横川中堂は法然、親鸞、日蓮など、各宗派の名だたる宗祖が修行した横川エリアの本堂で、建物は遣唐使船をモデルにした優美な造り！お堂の中心部が2mほど下がっていて、慈覚大師作と伝わる聖観音菩薩が祀られている。

MAP P.83

住 横川エリア 時 12～2月9:30～16:00、3～11月9:00～16:00

〝横川〟とはこのエリアのこと！

ここの場面で 巻五十二 手習（てならい） 他

恋に悩んで入水した浮舟を、宇治の森の中で助けたのが横川の僧都。弟子たちは狐か鬼かと騒いだが、僧都は命の尊さを説いて迷わずに助けた

④ 恵心堂

●えしんどう

横川の僧都のモデルといわれる恵心僧都源信が住み、念仏三昧の修行をした道場。僧都はここで『往生要集』や『二十五三昧式』を書き、後世の浄土宗や浄土真宗に影響を与えた。深い山の中で、平安貴族にも尊敬されてきた僧都の姿に思いを馳せてみて。※内部非公開

MAP P.83

住 横川エリア 時 12～2月9:30～16:00、3～11月9:00～16:00

〝横川の僧都〟はここにいた！

恵心堂のそばに『源氏物語』の横川僧都遺跡だと示す石碑が立つ。各巻との縁をチェック!

知ってたのしい！ふむふむコラム

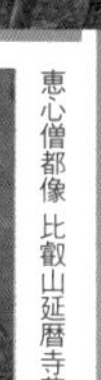

恵心僧都はズバリこの人!!

平安時代中期の僧で、横川の恵心院に住んだことで恵心僧都と呼ばれる。紫式部と同時代に生き、貴族の間でも有名だったそう。「山越阿弥陀図」は僧都が山中で仏の来迎を感じて考案した

恵心僧都像 比叡山延暦寺蔵

⑤ 四季講堂（元三大師堂）

●しきこうどう（がんざんだいしどう）

廬山寺の前身を創建した元三大師の自坊

平安時代に延暦寺を再興した良源（元三大師）の住居跡で、もともとは四季に法華経などの大乗経典の講経論義を行う道場だった。角大師（つのだいし）の姿を表現した、京都や滋賀ではおなじみの魔除けの護符を授与。疫病やさまざまな災難除けには最強のお札と伝わる。

MAP P.83

住 横川エリア 時 12～2月9:30～16:00、3～11月9:00～16:00

『源氏物語』のアイデアが生まれた 滋賀 大津コース
〈石山寺〜三井寺（園城寺）〜逢坂山の関〉

平安貴族が楽しんだ石山詣を体験！

平安時代、貴族の間で石山詣が流行し、女流文学者たちが多くの和歌や日記を残した。紫式部も参詣し、新しい物語を書くために7日間の参籠をしていたところ、琵琶湖に映る十五夜の月を見て「須磨」を構想したという伝説がある。光源氏はこの地で生まれた？　と想像しながらめぐってみよう。

山城国（京都）と近江国（滋賀）の境にあった逢坂山の関。光源氏が石山寺参詣の途中に空蝉一行と出会う場面
『源氏絵鑑帖』巻十六 関屋（宇治市源氏物語ミュージアム蔵）

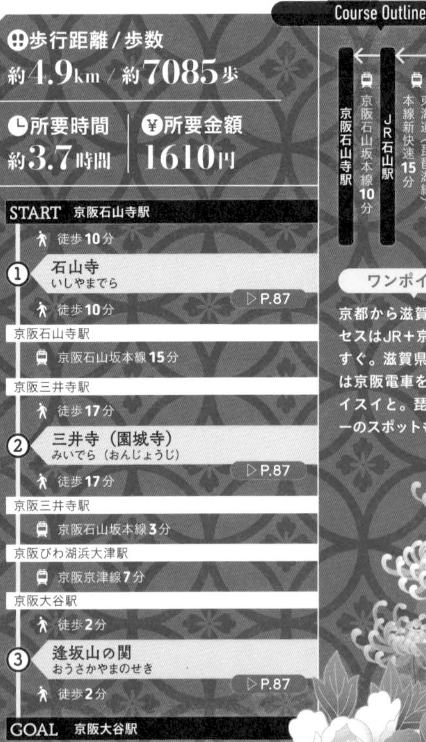

京都からのアクセス

JR京都駅 → 東海道（琵琶湖線）・本線新快速15分 → JR石山駅 → 京阪石山坂本線10分 → 京阪石山寺駅

ワンポイント

京都から滋賀へのアクセスはJR＋京阪電車ですぐ。滋賀県内の移動は京阪電車を使ってスイスイと。琵琶湖ビューのスポットも多い！

① 石山寺

●いしやまでら

紫式部も光源氏も楽しみにした「石山詣」

747（天平19）年、聖武天皇の勅願で創建。本尊の二臂如意輪観世音菩薩は安産、福徳、縁結び、厄除などにご利益があるとされ、平安時代には多くの貴族が参詣した。紫式部は参籠中に琵琶湖に映る月を見て、都から須磨に流れた貴公子・光源氏のイメージを得たとか！

TEL 077-537-0013
MAP P.86
住滋賀県大津市石山寺1-1-1 時8:00～16:30 料600円 休無休

HP

Check!! 紫式部図（土佐光起筆）

紫式部のイメージといえばコチラ！な有名肖像画。上げ畳に座って筆を持ち、文台に硯箱と紙がのっている。江戸時代に土佐派の絵師・光起が描いた

写真提供（境内）／（公社）びわこビジターズビューロー

平安貴族のおでかけエリアといえば！

知ってたのしい！ ふむふむコラム

knowledge column

平安貴族と石山詣の関係

平安時代の人々は、霊験あらたかな石山寺の観音様に会いにいくのが大きな楽しみだったという。『蜻蛉日記』の作者・藤原道綱母（ふじわらのみちつなのはは）は、都から1日がかりで歩いて参拝した

② 三井寺

(園城寺)

●みいでら（おんじょうじ）

紫式部の父・為時が静かに晩年を過ごした寺

天台寺門宗の総本山。三井寺という通称が生まれたのは、天智（てんち）・天武（てんむ）・持統（じとう）天皇の産湯に用いられた霊泉（井戸）があるからだそう。紫式部の実家とも縁が深い寺で、兄弟が僧侶だったほか、父・為朝は紫式部の死後にここで出家し、晩年を静かに過ごしたそう。

TEL 077-522-2238 MAP P.86
住滋賀県大津市園城寺町246 時8:00～17:00 料600円 休無休

HP

Check!! 仁王門（大門）（におうもん（だいもん））

両脇に室町時代作の躍動的な仁王像が守護する、三井寺の玄関。1601（慶長6）年に徳川家康に寄進されたもの。仁王門をくぐると国宝の金堂が！

写真提供／（公社）びわこビジターズビューロー

ここの場面で 巻十六 関屋（せきや）

光源氏が牛車に乗って石山寺に参詣する途中、京都に向かう常陸介・空蝉一行とすれ違うことに。二人は昔の恋を思い出し、光源氏が手紙を送る

写真提供／びわ湖大津観光協会

③ 逢坂山の関

●おうさかやまのせき

光源氏と空蝉がまさかの再会を果たす！

京都と滋賀の境にあり、京都と各地を結ぶ3つの主要道路（東海道・東山道・北陸道）が集中する重要地点だった。石山詣をする平安貴族が越えた関で、旅の日記や和歌にも登場する。清少納言が「夜をこめて鳥の空音は謀るとも よに逢坂の関は許さじ」と詠んだのもココ。

MAP P.86 住滋賀県大津市大谷町22 時料休見学自由

知ってたのしい！ ふむふむコラム

knowledge column

光源氏と空蝉の恋

若き日の光源氏は冒険的！ 17歳の頃は、伊予介（関屋では常陸介）の後妻・空蝉のもとへ忍んでアバンチュール。でも空蝉はその後光源氏を拒み、小袿（こうちぎ）を残して逃げてしまった

『源氏絵鑑帖』巻三 空蝉（宇治市源氏物語ミュージアム蔵）

茶 境内で一服

滋賀素材の手作りおはぎ

おはぎでひと休み

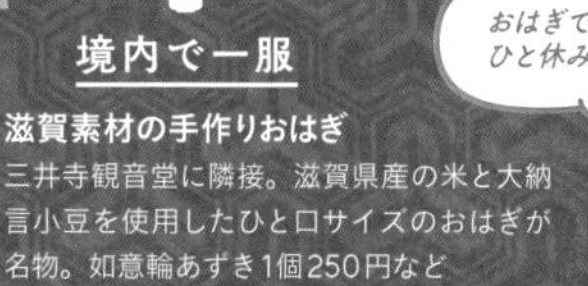

三井寺観音堂に隣接。滋賀県産の米と大納言小豆を使用したひと口サイズのおはぎが名物。如意輪あずき1個250円など

カフェカンノン

TEL 080-7827-5914 MAP P.86
住滋賀県大津市園城寺246 園城寺三井寺観音堂売店 時10:30～16:00（夏季は～16:30） 休火曜

光源氏、どん底からの復活！
兵庫 須磨コース
〈現光寺～須磨寺（福祥寺）〉

都暮らしが辛くなった光源氏、須磨へ

若き日の光源氏には政敵もいた。桐壺帝のキサキ、弘徽殿女御は、光源氏が妹の朧月夜と密会したことに激怒し、光源氏を追い詰める。須磨は、そんな逆境の光源氏が自ら謹慎しに行った地。都での華やかな生活が一変し、孤独に過ごすことになった境遇に思いをはせてみよう。

世間の空気を呼んで光源氏を訪ねる人がいない中、親友でありライバルの頭中将は駆けつけた！山荘と馬も描かれている
『源氏絵鑑帖』巻十二 須磨（宇治市源氏物語ミュージアム蔵）

都を離れた さすらいの光源氏

Course Outline

京都からのアクセス

JR京都駅 ← 東海道本線（京都線・神戸線）新快速54分 ← JR三ノ宮駅 ← 徒歩すぐ ← 阪神電車 神戸三宮駅 ← 神戸高速線・山陽電鉄本線20分 ← 山陽須磨寺駅

ワンポイント

神戸の三ノ宮駅経由で須磨へ。山陽須磨寺駅からは徒歩でぐるっとエリアをめぐれ、明石コース（→P.90）とのハシゴもしやすい

歩行距離／歩数 約1.2km／約1714歩

所要時間 約1.7時間

所要金額 0円

START 山陽須磨寺駅
徒歩2分
1 現光寺 げんこうじ ▷P.89
徒歩6分
2 須磨寺（福祥寺） すまでら（ふくしょうじ） ▷P.89
徒歩6分
GOAL 山陽須磨寺駅

① 現光寺

●げんこうじ

光源氏がひっそりと暮らした舞台

京都からわずかなお供を連れて須磨へ移った光源氏が、わび住まいをした地がこのあたりと伝わっている。寺のある須磨は古くから月の名所！境内には、『源氏物語』や須磨の月の美しさに思いを寄せた松尾芭蕉の句碑「見渡せば 眺むれば見れば 須磨の秋」も立つ。

TEL 078-731-9090
MAP P.88
住 兵庫県神戸市須磨区須磨寺町1-1-6
時 料 休 境内自由

Check!! 本堂（ほんどう）

室町時代創建、浄土真宗本願寺派の寺院。屋根が優美な本堂は、阪神・淡路大震災で倒壊ののち再建された。本堂前の風雅な松にも注目してみて

山門前の源氏寺碑。寺は「源氏寺」や「源光（げんこう）寺」とも呼ばれた

ここの場面で 巻十二 須磨（すま）

光源氏は都の親しい人々に別れを告げて須磨へ下る。須磨では都の人々と便りを交わしたり、お供と月を眺めたりしてわび住まいをした

現光寺の周辺には平安時代の人々にとって大切な須磨の関跡があったとも伝わる

② 須磨寺

(福祥寺)

●すまでら（ふくしょうじ）

源氏物語や俳句と縁ある文学香る寺

886（仁和2）年、光孝天皇の勅命により、聞鏡上人がこの地に聖観世音菩薩像を祀ったのが起源の寺院。源義経や平敦盛の伝説が残り、敦盛の首塚もあることから、源平ゆかりの古刹としても有名だ。『源氏物語』や『平家物語』をはじめ文学との縁は深く、境内に山本周五郎や正岡子規、与謝蕪村などの文学碑がたくさん立っている。

TEL 078-731-0416
MAP P.88
住 兵庫県神戸市須磨区須磨寺町4丁目6-8 時 8:30～17:00
料 境内自由 休 無休

HP

Check!! 源平の庭（げんぺいのにわ）

須磨寺は一の谷合戦の際に源氏の大将・源義経が陣地とした。境内の源平の庭には、源氏の武将・熊谷直実と平敦盛の一騎打ちの場面が再現されている！

深掘り コラム

源平合戦の美男子 敦盛の伝説

風流を愛し、戦場にも笛を持ち込んだという若武者・平敦盛。熊谷直実は討ち取った敦盛の首と笛を須磨寺へ持ち帰り供養したという

須磨寺境内の敦盛塚（首塚）にお参りしよう

現在の本堂は豊臣秀頼が再建。本尊の聖観世音菩薩、不動明王、毘沙門天が祀られる

光源氏ゆかりの若木の桜。浄瑠璃の「一ノ谷嫩軍記」に、弁慶が木に制札を立てる場面が

兵庫 明石コース

〈岩屋神社〜戒光院〜無量光寺〉

明石の君との運命の出会いの地

光源氏の人生に新展開が訪れる!

須磨で寂しく過ごしていた光源氏が、住吉の神の導きで移った地が明石。明石入道の一人娘・明石の君との出会いがあり、のちに姫も授かることになった！人生が好転した運命の場所。

海辺の町で生まれた新しい恋！

光源氏は須磨まで船で迎えにきた明石入道の屋敷へ移る。光源氏が明石入道宅で琴を奏で、入道が琵琶を弾く美しい場面『源氏絵鑑帖』巻十三 明石（宇治市源氏物語ミュージアム蔵）

歩行距離／歩数
約3.4km／約4957歩

所要時間
約2.2時間

所要金額
0円

START JR明石駅
徒歩15分
① 岩屋神社 いわやじんじゃ ▷P.91
徒歩8分
② 戒光院（善樂寺） かいこういん（ぜんらくじ） ▷P.91
徒歩1分
③ 無量光寺 むりょうこうじ ▷P.91
徒歩18分
GOAL JR明石駅

Course Outline

京都からのアクセス
JR京都駅 → 東海道本線（京都線・神戸線）新快速1時間10分 → JR明石駅

ワンポイント
京都からのアクセスは東海道本線（京都線）の新快速を使えば乗り換えなしなので便利。JR明石駅からは市街地を徒歩で移動

明石駅から電車で
約1時間30分！
さらに行きたいSPOT

反橋（太鼓橋）は最大傾斜約48度！渡るとおはらいになるそう

『釣人守』
（つりびとまもり）

海の神様としても信仰されている住吉大社には、釣人守護・大漁祈願にぴったりの御守が！1体1000円

須磨の源氏を救った住吉の神
「明石」ゆかりの大阪・住吉大社へ

神功皇后が住吉大神を祀ったのが起源。物語では明石入道が信仰し、娘・明石の君と光源氏に姫が生まれた

住吉大社

●すみよしたいしゃ

TEL 06-6672-0753 MAP P.90
住 大阪府大阪市住吉区住吉2-9-89 時 授与所9:00～17:00(開門4～9月6:00、10～3月6:30) 料 境内自由 休 無休

HP

① 岩屋神社

●いわやじんじゃ

光源氏が月見をした風雅な境内

古来より家内安全や商売繁盛のご神徳などで信仰される明石の神社。7月第2日曜開催の明石の夏の風物詩「おしゃたか舟神事」では、海上安全や豊漁が祈願されることでも有名。海辺の雰囲気が漂う境内には、光源氏が月見をしたという「光源氏月見の松」がある。

TEL 078-911-3247
MAP P.90
住 兵庫県明石市材木町8-10 時 授与所9:00～12:00、13:00～17:00
料 境内自由 休 無休

HP

鳥居の奥に松と拝殿がある。水平方向に伸びて一部が門にかぶった門かぶりの松

ここの場面で
巻十三
明石（あかし）

須磨で暴風雨に遭った光源氏一行を、明石入道が船で迎えに来て明石へ連れていく。光源氏は明石入道の浜の館に滞在し、その後明石の君と結ばれる

境内にある明石入道の碑。江戸時代の人々も光源氏ゆかりの地をめぐっていたと想像できる

② 戒光院（善樂寺）

●かいこういん（ぜんらくじ）

明石の入道の浜の館で過ごす日々

飛鳥時代に法道仙人が開創した古寺で、平安時代には平清盛も篤く信仰した。境内の「明石入道の碑」「光源氏明石浦浜の松の碑」は、文学を愛した江戸時代の明石藩主松平忠国が建てたもの。光源氏が滞在した明石入道の「浜の館」の舞台がココだそう。

TEL 078-917-5070 MAP P.90
住 兵庫県明石市大観町11-8 時 料 休 境内自由

画像提供：（一社）明石観光協会

③ 無量光寺

●むりょうこうじ

光源氏が月見をした寺として、「光源氏の月見寺」とも呼ばれる浄土宗の寺院。境内には源氏稲荷大明神が祀られている。また、寺の横を通る蔦の細道は、光源氏が明石の君の住む「岡辺の館」へ通う際に使ったルートとして親しまれている。

TEL 078-912-8839 MAP P.90
住 兵庫県明石市大観町10-11 時 料 休 境内自由

奈良 長谷コース
〈長谷寺〜春日大社〉

道長も紫式部も信仰した

平安の姫たちが憧れた非日常トリップ

平安貴族の大きな楽しみのひとつが「初瀬（長谷寺のこと）詣で」。長谷寺の観音様は京都の清水寺、滋賀の石山寺とともに三観音とも呼ばれる霊場で、清少納言や菅原孝標女（すがわらのたかすえのむすめ）も参詣の様子を記している。藤原氏の守り神・春日大社とあわせてめぐり、平安貴族のワクワクを体感してみたい！

夕顔の忘れ形見・玉鬘が参詣したシーン。旧知の女房・右近に出会い、宿坊で積もる話をした
『源氏絵鑑帖』巻二十二 玉鬘（宇治市源氏物語ミュージアム蔵）

Course Outline

歩行距離／歩数
約5.5km／約7857歩

所要時間
約4.1時間

所要金額
1570円

START 近鉄長谷寺駅
徒歩20分
① 長谷寺 はせでら ▷P.93
徒歩20分
近鉄長谷寺駅
近鉄大阪線急行6分
桜井駅
JR桜井線32分
奈良駅
徒歩18分
② 春日大社 かすがたいしゃ ▷P.93
徒歩10分
GOAL 近鉄奈良駅

京都からのアクセス
近鉄京都駅 ← 近鉄京都線特急47分 ← 近鉄大和八木駅 ← 近鉄大阪線急行10分 ← 近鉄長谷寺駅

ワンポイント
みっちり1日がかりでプランニングが吉！電車の移動時間のほか、各境内が広く参道も長いので余裕をもって出かけて

Ａ仁王門から長い登廊（のぼりろう）を歩いて本堂へ。春は150種類7000株の牡丹が境内を埋める Ｂ境内の高い位置にある優美な五重塔

①長谷寺

●はせでら

玉鬘と右近の出会いを見守った初瀬の観音様

奈良時代の『万葉集』にも「隠口（こもりく）の泊瀬」と登場する古寺で、本尊は高さ10mを超える十一面観世音菩薩立像。山の中腹の断崖絶壁に懸造り（舞台造）された国宝の本堂や、本堂へ続く399段の登廊は特に有名。平安貴族との縁は深く、1024（万寿元）年には藤原道長が参詣したほか、清少納言や菅原孝標女など女流文学者も訪れた。

TEL 0744-47-7001 MAP P.92
住 奈良県桜井市初瀬731-1 時 8:30～17:00（4～9月）9:00～17:00（10～11月、3月）9:00～16:30（12～2月）※牡丹まつり期間等時間延長あり 料 500円 休 無休

HP

Check!! 本堂（ほんどう）

秋は真っ赤な紅葉、夏はみずみずしい青紅葉に包まれる国宝の本堂。写真は観音様を礼拝するための場所で、正式には礼堂と呼ばれる

ここの場面で 巻二十二 玉鬘（たまかずら）

夕顔の死後に乳母たちと筑紫国へ下り、17歳で都に戻った玉鬘。苦労が多かったが、右近との再会がきっかけで光源氏のもとに引き取られることに！

知ってたのしい！ ふむふむコラム

knowledge column

再会を詠んだ二本の杉の和歌

境内には、根元がつながった「二本の杉」がある。右近は玉鬘との再会の喜びを「二もとの杉すぎのたちどを尋ねずば ふる川のべに君を見ましや」と詠み、玉鬘も和歌で答えた

茶

境内で一服

月替わりの万葉粥がおいしい

名物の万葉粥は、昆布だしと奈良県産の白味噌の風味が豊か。一品、香の物付き。写真は1月の七草がゆ1200円

春日荷茶屋
●かすがにないちゃや

TEL 0742-27-2718
MAP P.92
住 奈良県奈良市春日野町160 春日大社境内 時 10:30～16:30 休 不定休

②春日大社

●かすがたいしゃ

道長も紫式部も信じた藤原氏の守り神

奈良時代の768（神護景雲2）年に称徳天皇の勅命で創建。皇室に崇敬され、創建以来藤原氏の氏神でもあったことから、関白をはじめ多くの貴族が参拝して宝物を納めた。藤原氏のトップだった藤原道長や息子の頼通も「春日詣」をしたのだとか！境内や奈良公園一帯の約1300頭の鹿は、「春日神鹿」と呼ばれる神様のお使い。

TEL 0742-22-7788 MAP P.92
住 奈良県奈良市春日野町160 時 6:30分～17:30（11～2月は7:00～17:00）、特別参拝は9:00～16:00。※いずれも変動あり 料 境内自由（御本殿特別参拝500円）休 無休（特別参拝は祭典などで不可の場合あり）

HP

ここの場面で 巻四十三 紅梅（こうばい）

頭中将（内大臣）の次男・紅梅大納言が、長女を東宮の後宮に入内させる準備をする場面で登場。「春日の神のことわりも」と名前が出てくる

知ってたのしい！ ふむふむコラム

knowledge column

柏木の弟 紅梅大納言が祈願

藤原氏にとって、娘を天皇のキサキにし、さらに皇后にして権力を手に入れるのは大事な目標だった。『源氏物語』でも、頭中将の子の紅梅大納言が娘たちの結婚を思案する場面がある

重要文化財の東回廊と釣燈籠

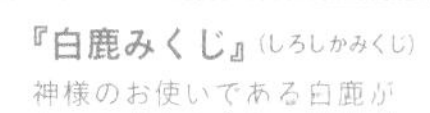

『白鹿みくじ』（しろしかみくじ）

神様のお使いである白鹿がおみくじを！金色の模様が神々しい。600円

御本殿の直前にある中門・御廊は重要文化財。高さ約10mの楼門

紫式部が青春時代を過ごした
福井 越前コース
〈紫式部公園〜紫式部と国府資料館 紫ゆかりの館〜本興寺〉

地方での経験が物語執筆に生きたかも!?

紫式部は京都生まれ京都育ち。生涯で一度だけ都の外で暮らしたのが、父・為時が国司として赴任した越前国・武生（たけふ）。紫式部は996（長徳2）年から1年半ほど越前国で暮らし、その後藤原宣孝と結婚したと伝わる。初めての土地に向かう紫式部の気持ちを想像しながら、移動や散策を楽しんで！

未婚の紫式部が父・為時と過ごした土地

知ってたのしい！ ふむふむコラム
knowledge column

未来の夫・宣孝に送った つれない和歌

紫式部は越前へ下る前から、藤原宣孝に求婚されていた。手紙をくれる宣孝に対して、紫式部は「春なれど白嶺の深雪いや積もり解くべき程のいつとなき哉」と、越前の雪を詠みつつ冷たい態度…

日野山を借景にした庭園。晴れた日は橋のリフレクションもきれい

4月末頃に見頃を迎える藤。園内には約200m続く藤棚もある！

歩行距離／歩数
約5.7km／約8142歩

所要時間
約3時間

所要金額
0円

START JR武生駅
徒歩31分
① 紫式部公園 むらさきしきぶこうえん
▷P.95
徒歩1分
② 紫式部と国府資料館 紫ゆかりの館 むらさきしきぶとこくふしりょうかん むらさきゆかりのやかた
▷P.95
徒歩31分
② 本興寺 ほんこうじ
▷P.95
徒歩8分
GOAL JR武生駅

Course Outline

京都からのアクセス
JR京都駅 → JR特急サンダーバード50分 → JR敦賀駅 → JR特急しらさぎ20分 → JR武生駅

ワンポイント
京都駅から特急で一気に移動すれば日帰りもできるコース。武生駅周辺にはホテルや飲食店もあるのでゆっくり1泊も◎

② 紫式部と国府資料館 紫ゆかりの館

●むらさきしきぶとこくふしりょうかん むらさきゆかりのやかた

越前和紙が織り成す 雅な展示にうっとり

紫式部は、越前国司に任命された父・為時とともに、越前・武生で青春時代の一時期を過ごした。紫ゆかりの館では、紫式部がこの地で過ごした時間と、さらに古い歴史をもつ丹南地域の伝統的工芸五品目についても紹介する。そのひとつ、越前和紙で作った唐衣裳装束（からぎぬもしょうぞく）を纏う紫式部の和紙人形は、あたたかみがあって幻想的！

展示室の紫式部 和紙人形。御簾越しの逢瀬をイメージしてみて！

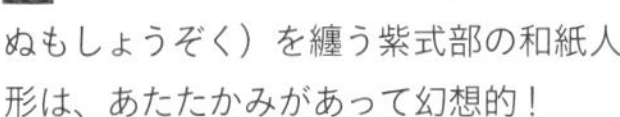

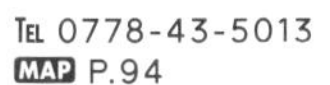

TEL 0778-43-5013
MAP P.94
住 福井県越前市東千福町21-12 時 9:00～17:00 料 無料 休 月曜（祝日・振替休日の場合は翌日）

HP

Check!! 下向行列（げこうぎょうれつ） 和紙人形（わしにんぎょう）

都から越前へ向かう紫式部と父・為時の行列を再現。46体の人形はもちろん、馬や調度品の一つひとつが越前和紙で丁寧に作られていて感動！

① 紫式部公園

●むらさきしきぶこうえん

歩けば姫気分!? 平安風庭園を散策

敷地に広がるのは、全国でも珍しい寝殿造庭園！しっかりした時代考証のもとリアルサイズで再現された橋や釣殿、泉池などをめぐれば、平安時代の物語の中に入り込んだような気持ちになれるかも。十二単を纏った紫式部の像は都に向いて立っていて、視線の先には越前富士とも呼ばれる日野山がある。藤や紅葉の時期は特にオススメ。

TEL 0778-22-3012（越前市都市計画課） MAP P.94
住 福井県越前市東千福町369 時 料 休 見学自由

Check!! 寝殿造庭園（しんでんづくりていえん）

平安貴族の寝殿造の邸宅にあった庭園をリアルに再現。優美な反橋や、池に面して立つ釣殿が珍しい！紫式部像があるのは公園内の北西のエリア

③ 本興寺

●ほんこうじ

越前国府はココに 紫式部ゆかりの梅も伝わる

法華宗真門流の寺院で、昔は5つの塔頭があった。紫式部の父・為時が赴任した時代には、国府の役所である国衙（こくが）がこのあたりにあったと推測されている。境内には楠木や蝋梅（ろうばい）、イチョウの大木などがあり、紫式部と娘・賢子（大弐三位（だいにのさんみ））ゆかりと伝わる梅の木も存在！為時だけでなく、紫式部親子も訪れた場所かも？と想像しながら参拝したい。

TEL 0778-22-2107 MAP P.94
住 福井県越前市国府1-4-13 時 料 休 境内自由

知ってたのしい！ふむふむコラム

紫式部と娘・賢子ゆかりの梅

本堂の前に紫式部ゆかりの紅梅がある。伝説によると、紫式部が越前から京都へ帰る前に白梅を植え、紫式部の死後に娘の賢子が母を偲んで紅梅を植えたのだとか。現在の紅梅は4代目だそう

knowledge column

写真提供：(公社)福井県観光連盟（紫式部公園、本興寺）

現代まで1200年受け継がれる
年中行事&風習

京都には平安時代ゆかりの雅な行事&風習がいっぱい！1～12月の注目行事を、すごろく風に楽しく覚えて！

日付は旧暦とのずれがありますが、表記は現在の祭事・行事日です

START

1月

睦月 お正月 花びら餅

宮廷の正月行事ゆかりのお菓子

硬いものを食べて長寿を願う「宮中歯固めの儀」にちなむ。御所鏡（花びら餅）3個入1944円

中は白味噌あんと紅色の羊羹、蜜漬けの牛蒡

鶴屋吉信
つるやよしのぶ
TEL 075-441-0105
MAP P.39
住 京都市上京区今出川通堀川西入ル 時 9:00～18:00 休 水曜、臨時営業あり

睦月 一月四日 蹴鞠（けまり）はじめ

勝負のない貴族の遊び

鹿革でできた鞠を相手が受けやすいように優雅に蹴り上げる。6～8名が一座を蹴り合う

下鴨神社（賀茂御祖神社）
しもがもじんじゃ（かもみおやじんじゃ）
MAP P.45
時 13:30～ 料 無料（特別拝観席2000円※当日正午より受付）

睦月 一月七日 白馬奏覧神事（はくばそうらんじんじ）

大豆を与える御馬飼の儀

画像提供：上賀茂神社

白馬を見て邪気払い！

年始に白馬（青馬）を見ると邪気払いになるという宮中行事「白馬節会（あおうまのせちえ）」の神事

上賀茂神社（賀茂別雷神社）
かみがもじんじゃ（かもわけいかづちじんじゃ）
MAP P.45
時 牽馬の儀12:00、13:00、14:00、15:00 料 無料（「厄除七草粥」は有料）

1回休み

2月

如月 二月三日 節分会（せつぶんえ） 追儺式（ついなしき） 鬼法楽（おにほうらく）

鬼たちの弱点の法弓

追儺師（ついなし）の邪気払いの法弓

通称「鬼おどり」という追儺式

元三大師が鬼を退治した故事にちなむ。煩悩を表す赤鬼、青鬼、黒鬼を退治して門外へ！

廬山寺
ろざんじ
MAP P.23
時 元三大師堂・大師像御開帳9:00～16:00、鬼法楽15:00～ 料 無料

3月

4月

卯月 四月十日 桜花祭（おうかさい）

平安時代の勅祭が起源

花山天皇が子孫繁栄を祈るため神社に行幸したことが起源。桜景色と時代行列が華やか

平野神社
ひらのじんじゃ

TEL 075-461-4450
MAP P.39
住 京都市北区平野宮本町1
時 桜花祭10:00、神幸列発輿祭12:00、桜花祭神幸列（時代行列出発）13:00、神幸列還幸祭 15:00頃 料 無料

弥生 三月三日 流し雛（ながしびな）

平安装束で行われる神事

人形（ひとがた）に厄を移して水に流し、無病息災を願う。舞台は境内の御手洗池

下鴨神社（賀茂御祖神社）
しもがもじんじゃ（かもみおやじんじゃ）

MAP P.45
時 流し雛の儀式11:00～ 料 無料

卯月 四月二十九日 曲水の宴（きょくすいのうたげ）

宮中行事が貴族の宴に！

神苑をゆるやかに曲がりながら流れる遣水のほとりで、7名の歌人が和歌を詠む

城南宮
じょうなんぐう

MAP P.19B-3
時 15:00～15:50頃（雨天中止）
料 無料（令和5年は事前予約制）

5月

皐月 五月五日 賀茂競馬（かもくらべうま）

日本競馬の発祥といわれる神事

左右に分かれた乗尻（のりじり）が境内の馬場で競馳し、天下泰平・五穀豊穣を祈願する

上賀茂神社（賀茂別雷神社）
かみがもじんじゃ（かもわけいかづちじんじゃ）

MAP P.45
時 競馬会の儀13:00、競馳（きょうち）14:00頃、拝観席受付11:30～ 料 有料拝観席1000円（拝観席以外での観覧不可）

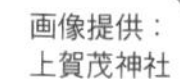

画像提供：
上賀茂神社

1回休み

弥生 三月一日～四月三日 春の人形展（はるのにんぎょうてん）（初日・ひなまつり）

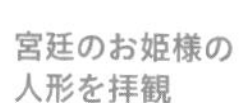

宮廷のお姫様の人形を拝観

孝明天皇御遺愛の人形を所蔵する通常非公開寺院。春はお雛様を中心に京人形などを展示

宝鏡寺
ほうきょうじ

TEL 075-451-1550
MAP P.39
住 京都市上京区寺之内通堀川東入ル百々町547 時 10:00～16:00（最終受付15:30）料 600円 休 通常非公開 ※令和6年の春の人形展3/1～4/3

春の人形展 ※写真は過去開催のイメージ

皐月 五月十五日 葵祭（あおいまつり）（賀茂祭（かもまつり））

「まつり」といえばこの祭

上賀茂神社、下鴨神社の例祭。500名以上で構成される路頭の儀の行列はまさに平安絵巻！

▷P.48

祇園祭（ぎおんまつり）
文月 七月一日～三十一日

京の夏といえば！

京都の夏の風物詩・祇園祭は八坂神社の祭礼。平安時代に疫病が流行った際に八坂神社から神泉苑へ神輿を送って災厄の除去を願ったのが始まりで、古くは「祇園御霊会」と呼ばれた。7月1日の「吉符入」から31日の「疫神社夏越祭」まで1カ月にわたり神事が続く。

八坂神社
やさかじんじゃ

TEL 075-561-6155
MAP P.19C-3
住 京都市東山区祇園町北側625 時 料 境内自由（神幸渡御出発式は7/17 18:00） 休 無休

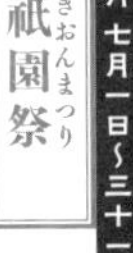

疫病退散を祈願

7月

START に戻る

貴船の水まつり（きふねのみずまつり）（たなばたしんじ）（七夕神事）
文月 七月七日

水の神を祀る神社の七夕

古来の雨乞い神事に由来し、水の神様に感謝する。奉茶式、舞楽奉納、式包丁の儀など

貴船神社
きふねじんじゃ

TEL 075-741-2016
MAP P.19B-1
住 京都市左京区鞍馬貴船町180 時 本宮6:00～18:00（季節により変動あり、貴船の水まつり10:00） 料 境内自由 休 無休

夏越大祓（なごしのおおはらえ）
水無月 六月三十日

半年の罪穢れを祓う日

6月末に半年間の穢れを祓う神事。茅の輪をくぐり、人形（ひとがた）に罪や穢れを移す

松尾大社
まつのおたいしゃ

TEL 075-871-5016
MAP P.19A-3
住 京都市西京区嵐山宮町3
時 5:00～18:00（授与所9:00～16:00、大祓式は15:00～） 料 境内自由 休 無休

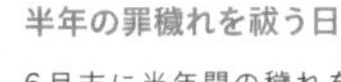

1回休み

竹伐り会式（たけきりえしき）
水無月 六月二十日

勇ましい法師が大蛇を斬る！

長さ4m、太さ10cmの青竹を大蛇に見立て、2人1組の鞍馬法師たちが伐る速さを競う！

鞍馬寺
くらまでら

TEL 075-741-2003
MAP P.19B-1
住 京都市左京区鞍馬本町1074
時 9:00～16:15（竹伐り会式は14:00～15:00） 料 愛山費500円 休 無休

6月

夏以降も行事が盛り沢山

8月

精霊迎え（しょうりょうむかえ） 六道まいり（ろくどうまいり）
葉月 八月七日～十日

鐘を撞いてご先祖を迎える

京都のお盆の行事。あの世にまで響くという「迎え鐘」を鳴らして先祖の精霊を迎える

六道珍皇寺
ろくどうちんのうじ

MAP P.51
時 6:00～22:00 料 無料（期間中は「冥途通いの井戸」など拝観不可）

神無月 十月二十二日

時代祭

10月

紫式部も登場する

明治時代に平安遷都100年の記念で開始。維新勤王隊から延暦時代までの時代風俗行列

平安神宮
へいあんじんぐう

MAP P.45
住 京都御苑から平安神宮 時 京都御苑出発12:00～、大極殿祭並びに還幸祭16:00～（平安神宮） 料 無料（有料観覧席あり）

START に戻る

神無月 十月二十二日

鞍馬の火祭

京都三大奇祭のひとつ

御所の由岐大明神を鞍馬に遷宮した際の様子を伝える。由岐神社から鞍馬街道を松明の炎が埋め尽くす

由岐神社
ゆきじんじゃ

MAP P.19B-1
住 京都市左京区鞍馬本町1073、火祭は鞍馬周辺 時 境内自由（火祭18:00頃～24:00過ぎ） 料 火祭観覧は無料、由岐神社参拝は鞍馬寺仁王門で愛山費500円 休 無休

11月

霜月 十一月一日

亥子祭

宮中儀式に由来する餅つき神事

宮中行事・御玄猪（おげんちょ）にちなむ神事。亥子餅を京都御所へ献上し無病息災を祈願する

護王神社
ごおうじんじゃ

TEL 075-441-5458 MAP P.23
住 京都市上京区烏丸通下長者町下ル桜鶴円町385 時 9:00～17:00（亥子祭17:00～※受付16:00～） 料 境内自由、亥子祭無料（特別拝観席有料） 休 無休

霜月～十一月三十日

秋の十三まいり

13歳で大人の仲間入り！

清和天皇が数えで十三歳のとき勅願法要を催したのが起源。虚空蔵菩薩に智恵を授かる

法輪寺
ほうりんじ

TEL 075-862-0013
MAP P.63
住 京都市西京区嵐山虚空蔵山町 時 9:00～17:00 料 境内自由 休 無休

師走 十二月二十日

お煤払い

お煤払いは京都の年末の伝統行事

阿弥陀堂と御影堂内で行う。門信徒が割り竹で畳を叩き、ほこりを大うちわで外へあおぎ出す

東本願寺
ひがしほんがんじ

TEL 075-371-9181
MAP P.55
住 京都市下京区烏丸通七条上ル 時 3～10月5:50～17:30、11～2月6:20～16:30（お煤払い9:00～） 料 境内自由（お煤払い見学可） 休 無休

12月

長月 中秋の名月を含む三日間

観月の夕べ

9月

超貴重!!
貴族の舟遊びを体験

嵯峨天皇が大沢池に舟を浮かべて月見をした故事にちなむ。龍頭鷁首（りゅうとうげきしゅ）舟から月を観賞

旧嵯峨御所 大本山 大覚寺
きゅうさがごしょ だいほんざん だいかくじ

MAP P.63
時 17:30～21:00（最終受付20:30）※昼夜入れ替え制 料 500円（乗船方法等、詳細は大覚寺HP要確認）

垂涎モノあまた！

平安の雅さあふれる授与品・グッズ

平安時代の有名人や乗り物、葵祭がモチーフの素敵な御守や絵馬。優雅な気分になれる授与品はマストで欲しい

自慢したくなる♪ 御守

豪華‼ 両面に姫君と光源氏が！

表

裏

い

1500円

開運招福御守

巻十「賢木」に記される野宮神社では、両面平安絵巻のような御守を授与。姫君の手元の小物やインテリアも織られている

ろ

これ、グッドデザインでしょう！

800円

旅行安全守

平安貴族の乗り物・牛車（ぎっしゃ）が描かれた旅行安全守。ゆかりの地をめぐるとき、携帯すれば心強い！

い

ラブラブな絵柄が素敵♡

800円

縁結びお守り

初々しい平安時代の恋人たちが描かれたお守り。新しい縁が欲しい人や、好きな人とずっと幸せでいたい人はぜひいただこう

に

各1000円

和泉式部も成就したから♪

むすび守袋型

（みずいろ・ももいろ）

恋愛だけでなく、人と人、子授けなどいろいろな縁結びにオススメ。まるで百人一首かるたみたいに華やかな絵柄！

ほ

大人はやっぱりコレでしょ！

1000円

出世守

学者としても政治家としても優れていた道真公にあやかりたい。仕事の功績が認められて出世できますように♪

ほ

子どもでも持ちやすく

各700円

合格守（小）

（みずいろ・ももいろ）

学問の神様として名高い菅原道真公が描かれた合格守。小さめのサイズなのでかばんや文房具に入れて持ち歩くのも◎

は

清少納言もお守りに！

800円

才色兼備お守り

境内末社・清少納言社のお守り。宮中で中宮定子に仕えた清少納言のように、学力や才能も美しさも手に入れたい人はいかが？

学業・合格の絵馬 各500円
（菅公成人・菅公幼少）

道真公生誕の地にあるという菅原院天満宮神社。絵馬は幼少期と成人後の姿の2パターンがあり、幼少期の絵馬は梅も描かれている

は

どちらにしようか迷っちゃう？

絵巻のようで見とれてしまう

葵祭絵馬（大） 1000円

神社の例祭・葵祭の行列が描かれた、絵巻さながらの絵馬！サイズが大きめなので、願いごとも細かく書けるかも!?

ハート絵馬 1000円

小野篁が開いたともいわれる千本ゑんま堂。篁が死後の紫式部を助けたという伝説から、2人を描いた絵馬を授与

紫式部と小野篁がご縁を結ぶ

へ

葵祭絵馬（小） 500円

葵祭の行列の牛車を、正面から見た絵柄の絵馬。祭が行われる5月のさわやかな陽気やにぎわいが伝わってくる

ろ

紫式部も応援してくれそう

片岡社縁結び絵馬 500円

片山御子神社の絵馬には、紫式部の姿と和歌が。紫式部もたびたび参拝したという神様に、恋のお願いをしよう

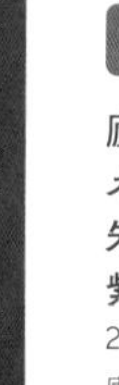

と

源氏物語トランプ 1600円

物語の場面や登場人物を楽しく復習するのに最適なアイテム。華麗な絵を楽しみながら、みんなでワイワイ遊ぼう

源氏物語しおり
6枚入り 400円

「桐壺」「若紫」などの名場面を描いた6枚セット。いつもの読書の時間が、優雅なひとときに早変わり

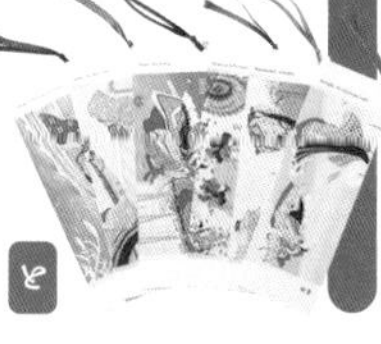

と

御朱印帳 龍頭
（りゅうとう）2100円

秋の行事・観月の夕べで大沢池に浮かぶ龍頭鷁首（げきしゅ）舟のうち、龍頭舟が描かれたスタイリッシュな御朱印帳

御朱印帳

何冊も欲しくなる

と

盧山寺
オリジナル
朱印帳
紫式部
2200円

盧山寺の最新御朱印帳はコチラ！源氏庭の御朱印に押される紫式部のスタンプが織物になって登場。紫式部が詠んだ小倉百人一首の和歌も織り込まれる

盧山寺オリジナル
朱印帳 若紫 2000円

と

光源氏と若紫の運命的な出会いが表紙になった御朱印帳。登場人物の衣装、インテリア、庭園すべてが雅やか

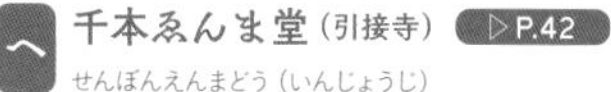

へ 千本ゑんま堂（引接寺） ▷P.42
せんぼんえんまどう（いんじょうじ）

と 盧山寺 ▷P.24
ろざんじ

ち 旧嵯峨御所 大本山 大覚寺 ▷P.67
きゅうさがごしょ だいほんざん だいかくじ

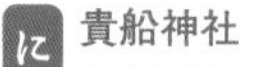

に 貴船神社
きふねじんじゃ
▷P.98

ほ 菅原院天満宮神社
すがわらいんてんまんぐうじんじゃ
▷P.29

は 車折神社
くるまざきじんじゃ
TEL 075-861-0039
MAP P.19A-2
住 京都市右京区嵯峨朝日町23 時 9:30～17:00 料 境内自由 休 無休

HP

い 野宮神社 ▷P.65
ののみやじんじゃ

ろ 上賀茂神社
（賀茂別雷神社）
かみがもじんじゃ
（かもわけいかづちじんじゃ）
▷P.46

京菓子

古都の伝統がつまった

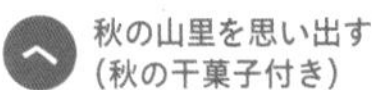

へ 秋の山里を思い出す（秋の干菓子付き）

秋限定

山苞（やまつと）
5個入り1296円
刻み栗の餡が美味しい栗の形の饅頭と、紅葉や松ぼっくりなどの干菓子のセット。

ロ ひな祭りにはぜひ食べたい

ひな祭り限定

貝あそび 1900円
蛤をイメージした器に、金平糖や飴細工など宝石みたいな干菓子がぎっしり

イ 食べられる美麗絵巻！

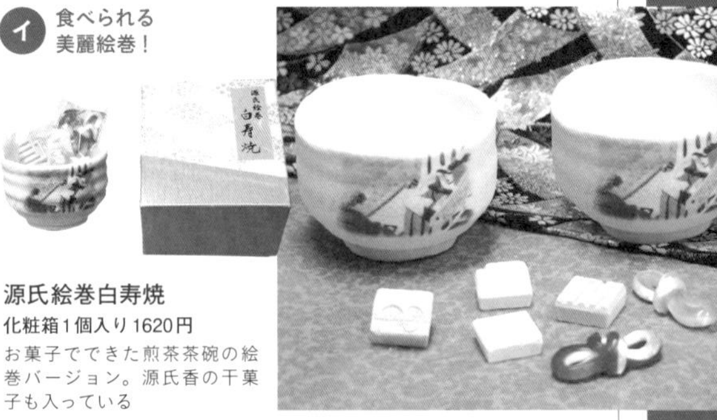

源氏絵巻白寿焼
化粧箱1個入り1620円
お菓子でできた煎茶茶碗の絵巻バージョン。源氏香の干菓子も入っている

へ 奈良時代に伝わった唐菓子

清浄歓喜団
（せいじょうかんきだん） 1個648円
遣唐使が持ち帰ったという唐菓子の一種。7種のお香を練り込んだこし餡が美味

ハ レトロな包装紙にも注目！

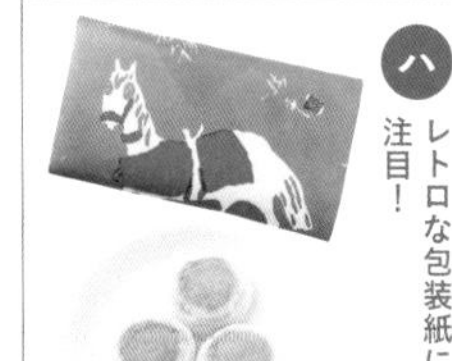

やきもち 1個130円
粒餡を白餅で包み、両面を鉄板で焼き上げる。包装紙は神社の神馬がデザインされる

ト 創業1000年!! の厄除け菓子

あぶり餅 1人前600円
今宮神社参道で平安時代から営む茶店。定番のあぶり餅は、白味噌ベースのタレが絶品

ニ モチーフは伝統文様の源氏香

げんじ 1箱2900円
源氏香のマークと植物や景色を、イメージしてかたどった、なんとも風雅な干菓子

イ 光源氏も食べたかな？

椿餅（つばきもち） 324円
『源氏物語』に登場する椿餅。道明寺粉を使ったお餅は、いくつも食べたいモチモチ食感

ホ 無病息災の儀式にちなむ

期間限定

亥の子餅（いのこもち）
1個486円
旧暦10月、亥の日、亥の刻に行う玄猪の儀が由来。こし餡を練り込む生地は黒ゴマ入り

ホ 暑気払いの氷を模した形

期間限定

水無月（みなづき）
3個入り1134円
6月30日は水無月の日！半年間の穢れを祓い、無病息災を祈願して食べる

ロ 公達が楽しんだ蹴鞠をイメージ

鞠の庭（まりのにわ）
5枚入り缶 1190円
鞠の形をしたボーロに、うっすらと摺り蜜がかかる。箱の意匠は蹴鞠をする貴族たち

イ 甘春堂 かんしゅんどう
TEL 075-561-4019 MAP P.55
住 京都市東山区上堀詰町292-2 時 9:00～17:00 休 無休

ロ 宝泉堂 ほうせんどう
TEL 075-781-1051 MAP P.45
住 京都市左京区下鴨膳部町21
時 10:00～17:00 休 日曜・祝日（年末年始・夏期休業あり）

ハ 神馬堂 じんばどう
TEL 075-781-1377 MAP P.45
住 京都市北区上賀茂御園口町4 時 午前中のみ営業（なくなり次第閉店） 休 水曜（祝日の場合は翌日）

ニ 亀末廣 かめすえひろ
TEL 075-221-5110 MAP P.19B2
住 京都市中京区姉小路通烏丸東入ル
時 9:00～17:00 休 日曜・祝日

ホ 鶴屋吉信 つるやよしのぶ
MAP P.39

▷P.96

へ 亀屋清永 かめやきよなが
TEL 075-561-2181 MAP P.19B3
住 京都市東山区祇園石段下南 時 8:30～17:00 休 水曜、不定休

ト 一文字屋和輔（一和） いちもんじやわすけ（いちわ）
TEL 075-492-6852 MAP P.39
住 京都市北区紫野今宮町69 時 10:00～17:00 休 水曜（1・15日・祝日の場合営業、翌日休）、年末（12/16～31）

雑貨

持つだけで平安気分

ル 葵祭のアノ事件が！

色紙
〈重文 源氏物語図 葵〉
土佐光吉 京都国立博物館蔵1980円
有名な車争いの場面。葵祭のにぎわいを想像しながら部屋のインテリアに

ル 光源氏 若紫に出会う！

絵はがき
〈重文 源氏物語図 若紫〉
土佐光吉 京都国立博物館蔵110円
光源氏が若紫と出会う名場面。色紙とともに京都国立博物館でも購入可能

ル **京都 便利堂**
きょうと べんりどう
TEL 075-231-4351
MAP P.23
住 京都市中京区新町通竹屋町下ル弁財天町302 時 10:00～19:00 休 日曜・祝日

ヲ **宇治市源氏物語ミュージアム**
うじしげんじものがたりミュージアム
MAP P.69 ▷P.72

ワ **堺町御門前 平七**
さかいまちごもんまえ へいしち
MAP P.23 ▷P.29

ワ 十二単に織り込まれる有職文様を手に入れて

有職文浮織名刺入れ
各9900円
浮織（うきおり）とも呼ばれる有職織物の名刺入れ。各模様に意味がある

正絹小葵地文に臥蝶丸上文様（しょうけんこあおいじもんにふせちょうのまるうわもんよう）

正絹雲立涌地紋に唐花尾長鳥上文（しょうけんくもたてわくじもんにからはなおながとりうわもん）

ヲ 54帖の名場面を手元に

源氏絵鑑帖 1000円
本書にも掲載した「源氏絵鑑帖」の図録。細部まで美麗な絵を手元でチェック

ヲ 光源氏を知るならやっぱりココ

宇治市源氏物語ミュージアム
常設展示案内 1000円
『源氏物語』を専門とするミュージアムならではの魅力ある展示が紹介されている

ヌ 本物みたいに繊細な紅葉

香立 紅葉 銅（彩色）
(大) 6160円 (小) 5280円
銅製の紅葉の香立。ビジュアルでも香りでも秋を感じられそう！

チ モテモテ玉鬘の優美な香り

源氏かおり抄
玉鬘 えにし 2200円
玉鬘と求婚者3人（鬚黒大将・柏木・蛍宮）をイメージした香りのセット

ヌ おめでたい竹に雀！

香立 竹に雀 銅 9460円
縁起のいいモチーフ「竹に雀」を香立に。葉柄に香を立てて使おう

チ 優美な大邸宅 六条院の四季

源氏かおり抄
乙女 2200円
巻二十一「乙女」で完成した六条院の四季の御殿を、4種の香りで表現

香り

古の風流をまとう

チ **香老舗 松栄堂 京都本店**
こうろうほ しょうえいどう きょうとほんてん
TEL 075-212-5590 MAP P.23
住 京都市中京区烏丸通二条上ル東側 時 9:00～18:00 休 無休(年始休)

リ **石黒香舗**
いしぐろこうほ
TEL 075-221-1781 MAP P.19B-2
住 京都市中京区三条通柳馬場西入桝屋町72 時 10:00～18:00 休 水曜(祝日営業)、月1回不定休あり

ヌ **清課堂**
せいかどう
TEL 075-231-3661 MAP P.23
住 京都市中京区寺町通二条下る妙満寺前町462 時 10:00～18:00 休 月曜、12/31～1/5、不定休あり

リ 老舗の香りを持ち歩こう♪

にほひ袋 友禅 小
箱入り 550円
匂い袋専門店の定番アイテム。友禅の色柄や紐を選んでオリジナルも。473円～

リ 目でも楽しめる香りアイテム

置き香 小花
ききょう（紫）3630円
部屋のインテリアにもなる置き香。ききょうのほかにも季節の花がたくさん並ぶ

一度やったらハマっちゃう!?

平安貴族なりきり♪体験

平安時代の装束や遊びを体験すれば、平安貴族の気分を味わえる。雅で奥深い、源氏物語の世界へ旅出とう。

＼憧れの姫君姿！うっとり夢見心地に♡／

十二単変身体験

【所要時間】 30～90分（プランにより異なる） 要予約

※写真はロイヤルプラン体験になり、本格かつら・大垂髪（おすべらかし）を着用。平安時代の髪型「垂髪（すいはつ）」もあり！

【体験の流れ】

1 ご挨拶から単（ひとえ）の着装

化粧と髪を整えた状態からスタート。2人の衣紋（えもん）者がお服上げ（着付け）する。その所作もするすると優雅で、挨拶から始まり、最初は単を着装。お服上げが済むまで衣紋者は黙って着付ける。お方様（体験者）はお姫様なので、すべて衣紋者にお任せ。

2 五の衣（きぬ）までの着装

一の衣から袖を通し腰のあたりを紐で結ぶ。五の衣まで着たら、結んでいた紐をほどく「解き合せ」を行う。一の衣から五の衣のえりの色の移り変わりを「襲（かさね）の色目」という。右の写真の襲は「紅の匂（くれないのにおい）」という春の色目。

3 唐衣（からぎぬ）、裳（も）まで着装

打衣（うちぎぬ）、表衣（うわぎ）、唐衣、最後にスカートのような裳をつける。その総重量は15kgほどにも！唐衣は女性の正装にあたり、また一番上に着ることから最も美しく、豪華な文様が施された織物になる。

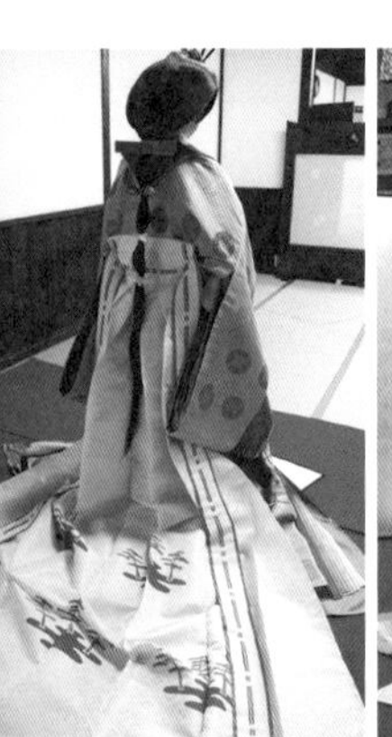

大変身に感動

4 手に檜扇を持って完成！

えり元や袂（たもと）、裳の裾を美しく整えたらお方様に檜扇（ひおうぎ）を渡して、衣紋者が挨拶をしたらお服上げは終了。10分間のフリータイムでカメラやスマホで撮影OK！

体験できるお店はコチラ

雅ゆき ●みやびゆき

TEL 075-254-8883（月～土曜）
MAP P.33
住 京都市中京区釜座通三条上ル突抜町807
時 10:00～18:00
休 不定休

HP

体験DATA

●十二単体験プラン ：1万6500円～ 他多数。詳細はHP参照

＋ Option

お姫様の姿で遊ぶ♪ 貝合わせ　貝合わせ体験：2200円

お服上げが終わったら、源氏物語にも出てくる「貝合わせ」をやってみよう。衣装のおかげでますます気分が盛り上がる！

1 源氏香や聞香（もんこう）についてレクチャー

道具や香木の種類、日本の香りの歴史など、「香」についてのさまざまな話が聞ける。香りは「嗅ぐ」のではなく「聞く」という基本的なことから、聞香の作法や源氏香の遊び方まで丁寧に解説してもらえる。

＼ 香の組み合わせ、当てられるかな？ ／

源氏香体験

［所要時間］ 約50分 ｜ 要予約

組香（くみこう）という、香りの異同を当てる聞香の1種。源氏香（げんじこう）は江戸時代に流行した遊びで、『源氏物語』の巻名にちなみ、52種の源氏香図を用いて解答する。香りの聞き分けには記憶力が必要となる繊細な遊びなので、香水をつけての体験は避けよう！

2 まずは聞香をやってみる

香炉を整えるなどのお手前を見たあと、香木を乗せた香炉が順番に出されるので、参加者が聞香炉をまわして聞いていく。ちなみに香りを聞いて息を吐く動作を「一息（いっそく）」といい、三息か五息で聞くのが基本。これを順番に5回行う。

3 ドキドキの答え合わせ

香りを聞いたら答えを記入。まずは5回聞いた香りのうち、何番目と何番目が同じだったかを「源氏香図」の中から組み合わせを探し、記紙という紙に源氏香図（図形）と『源氏物語』の巻名を書く。答え合わせで採点する。

体験DATA

●聞香コース 源氏香体験：2750円

＼ 自分好みの香りを作る♡ ／

匂袋作り体験

［所要時間］ 約50分 ｜ 要予約

体験はお香の基本を知るところからスタート。お香の原料となる香木の特徴などの説明を受けたあと、準備された数種類の香木や香原料を調香（ちょうこう）。好みの香りに仕上げたら、美しい袋に詰めて完成！箪笥（たんす）に入れて服に香りを移すのも、かばんに入れていつでも好きなときに香りを楽しむのもオススメ。

※実施日時等詳細はHP要確認。香水をつけての参加はNG

体験DATA

●調香コース 匂袋作り体験：2200円

体験できるお店はコチラ

山田松香木店

●やまだまつこうぼくてん

TEL 075-441-1123
MAP P.23
住 京都市上京区室町通下立売上ル勘解由小路町164 時 10:30～17:00（体験実施時間はHP参照） 休 年末年始、お盆

HP

＼ 体験型の香りのミュージアム ／

日本の香りと文化を知る

［所要時間］ 約20分 ｜ 予約不要・無料

創業300年、現在地でずっと営む香老舗 松栄堂がオープンした施設。「知る・学ぶ・楽しむ 香りの世界へ」のコンセプトに沿って、香りを体感し香りの魅力に誘われる。薫習館は入場無料で、常設の「香りのさんぽ」ではお香の原料や製造工程のミニチュアも見ることができる。

白を基調にした空間で、記念撮影もOK！

体験できるお店はコチラ

松栄堂 薫習館

●しょうえいどう くんじゅうかん

TEL 075-212-5590
MAP P.23
住 京都市中京区烏丸通二条上ル東側 時 10:00～17:00 休 不定休

HP

＼夢中になる人続出!!／

投扇興（とうせんきょう）

［所要時間］ 約1時間　要予約

江戸時代に流行った遊びで、木箱の上に置かれた蝶の形の的をめがけて扇を投げ、扇と的の落下した形によって点数を競う。中国から伝わった投壺（とうこ）という遊び（壺に向かって矢を投げ入れる遊び）が起源ともいわれ、現在もお座敷遊びで行われる。点数表には『源氏物語』にちなんだ「銘」がついている。

【体験の流れ】

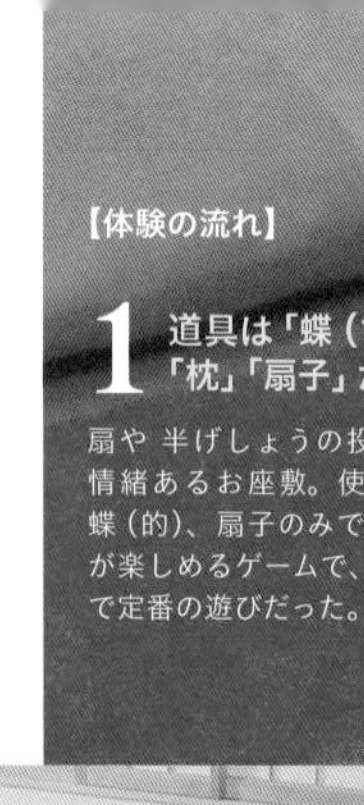

1 道具は「蝶（ちょう）」「枕」「扇子」だけ！

扇や 半げしょうの投扇興体験の場所は、情緒あるお座敷。使うのは、枕（木箱）、蝶（的）、扇子のみでシンプル。老若男女が楽しめるゲームで、江戸時代は庶民の間で定番の遊びだった。

2 遊び方指南と投げ方の練習

遊び方も難しくはなく、初めに先手・後手を決めて、それぞれ枕から扇4つ分（扇を閉じたときの長さ）を空けて座る。基本レクチャーを受けたあと、扇子の投げ方を練習する。

3 対戦相手の正面に座る

投扇興の対戦は基本的に一対一（2名）で行う。対戦相手とは向かい合って座り、中央の枕のそばに審判が座る。ちなみに両者の距離や蝶の大きさは、投扇興の流派によって少しずつ違う。

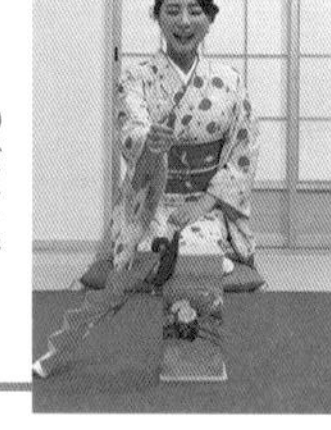

4 互いに扇子を10回ずつ投げる

準備ができたら、先手・後手が交互に10回ずつ蝶に向かって扇子を投げる。例えば扇と蝶が落ちた状態なら「花散里」、扇だけが枕に乗った状態なら「澪標」など、形によって銘・点数が違う。

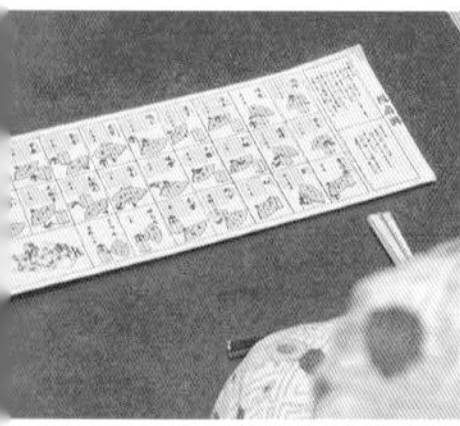

5 「銘定表（めいていひょう）」で点数をつける

扇子を投げ終えたら、蝶と扇の形を描いた銘定表を見て『源氏物語』の巻名と点数をチェックしよう。無点や減点もあり、合計点の高いほうが勝ち！

扇や 半げしょう

●おうぎや はんげしょう

TEL 075-525-6210
MAP P.55
住 京都市東山区本町通五条上る森下町535 時 10:30～17:30（土曜13:00～）
休 日曜、祝日不定休、お盆、年末年始

体験DATA

●投扇興体験コース［コース1］（お茶・お菓子付）2200円

※最少2名から申込み（6名まで）
※詳細はHP要確認

HP

shopping

源氏の世界がキラキラまぶしい！

飾り扇子 九寸 金もみ地 源氏物語 6600円

物語をイメージした図案の飾り扇子。きらびやかなデザインで、部屋に飾れば華やいだ空間になる

友だち＆家族で遊ぼう♪

投扇興 花車 セット
3万9600円（扇子5本付き）

柄違いの5種の扇子と木製の台、的、点数表、得点表などがセット。台の模様は華麗な花車と秋草

ゆかりの地に泊まる！

源氏物語の夢を見られたらいいな♡

京都ステイにも『源氏物語』のエッセンスを！六条院の候補地にあるホテルや、平安宮ゆかりの宿でゆったりと♪

源氏物語の世界観に浸れる上質なホテル

源氏物語からインスピレーションを受けて、各界のクリエイターが手がけたラグジュアリーホテル。六条院の地と想定されているエリア付近にあり、庭やインテリアなど随所に『源氏物語』のイメージが表現されている。

Genji Kyoto（源氏京都）

●ゲンジ キョウト

TEL 075-365-3001 MAP P.55
住 京都市下京区波止土濃町362-3
時 IN 15:00／OUT 12:00
料 1泊1室3万6000円〜

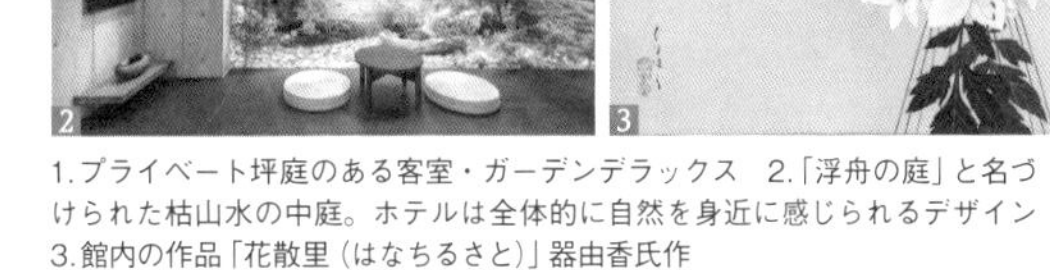

1.プライベート坪庭のある客室・ガーデンデラックス　2.「浮舟の庭」と名づけられた枯山水の中庭。ホテルは全体的に自然を身近に感じられるデザイン　3.館内の作品「花散里（はなちるさと）」器由香氏作

内裏跡に立つゲストハウス

老舗・山中油店（→P.37）が手がける宿。平安宮内裏跡にひっそりとたたずみ、「承香殿 東対」「弘徽殿の南邸」など『源氏物語』とリンクする客室名がついている。ほっこりとくつろげる町家空間でゆっくり過ごそう。

平安宮内裏の宿

●へいあんきゅうだいりのやど　MAP P.33　▷P.37

1.築120年の町家6棟がゲストハウスに！　2.べんがら格子、虫籠窓、太い梁など、昔ながらの京町家

目前に嵐山と大堰川の絶景が！

かつて桓武天皇が行幸した「大堰離宮跡」と推定される場所に立つ宿。嵐山の自然と調和した中庭や大浴場があり、和室と洋室の客室を備える。季節の京料理を提供する食事処も魅力。

京都・嵐山ご清遊の宿らんざん

●きょうと・あらしやまごせいゆうのやどらんざん

TEL 0120-75-0084 MAP P.63
住 京都市右京区嵯峨天龍寺芒ノ馬場町33 時 IN 15:00／OUT 10:00 料 1泊1室夕朝食付き2名3万5200円〜

1.14畳もある広い和室。中庭から嵐山まで見渡せる　2.明石の君が住んだ「大堰の館」がこのあたりと考えられている

CHECK!

もっと知りたい！とことん浸りたい!!

オススメ施設へGO♪

源氏ワールドのすっかりトリコになったら、市内の図書館や博物館もチェック！旅にプラスしてさらなる沼へ……

- ●宇治市源氏物語ミュージアム …… P.72・103
- ●風俗博物館 …… P.58
- ●京都府立図書館 …… MAP P.19C-2
- ●京都市考古資料館 …… MAP P.33
- ● 古典の日記念 京都市平安京創生館 …… P.35
- ● 京都国立博物館 …… MAP P.51
- ● 京都市中央図書館 …… MAP P.33
- ● 京都府立 京都学・歴彩館 …… MAP P.45

市バス

- 市内を網羅しており、路線が多い。
- 均一区間は 230 円。

基本の３路線をおさえる！

204 北大路バスターミナルを拠点に、大徳寺、金閣寺、岡崎方面、銀閣寺へ(この逆回りも)。**3～5本／1時間(10～16時)**

205 九条車庫を拠点に、東寺、京都駅、四条河原町、下鴨神社、さらに金閣寺方面・西大路通を経由し、京都水族館へも行く（この逆回りも)。**7～8本／1時間(10～16時)**

206 北大路バスターミナルを拠点に千本通を南下。四条大宮、京都駅、三十三間堂、五条坂、祇園へ(この逆回りも)。**4～8本／1時間(10～16時)**

移動のキホン

ラインカラーでわかる！
市バスの行き先表示

バスの方向幕にラインカラーが表示されているので、どの方面にバスが運行するのかひと目でわかる。

金閣寺・北大路バスターミナル 205
清水寺・京都駅 206

通りごとのラインカラー

- 西大路通(北野天満宮、金閣寺など)
- 千本通・大宮通(東寺、京都水族館など)
- 堀川通(西本願寺、二条城など)
- 河原町通(四条河原町、下鴨神社など)
- 東山通(八坂神社、清水寺など)
- 白川通(銀閣寺、詩仙堂など)

国際会館 北大路 鞍馬・貴船 比叡山方面 叡山本線 一乗寺 銀閣寺前
金閣寺道 千本北大路 大徳寺前 北大路バスターミナル 鞍馬口 出町柳 出町柳駅前 百万遍 銀閣寺道
北野白梅町 千本今出川 堀川今出川 今出川 下鴨神社前 河原町今出川 錦林車庫前
亀岡 嵯峨嵐山駅 西ノ京円町 円町 千本丸太町 堀川丸太町 丸太町 神宮丸太町 河原町丸太町 熊野神社前 東天王町
嵐山 太秦天神川 二条 地下鉄東西線 二条城前 京都市役所前 三条 東山 蹴上 醍醐
嵐山 嵐電嵐山本線 西大路御池 烏丸御池 市役所前 三条京阪 東山三条
西大路四条 四条大宮 四条烏丸 四条河原町 祇園 祇園四条
桂 阪急京都線 長岡天神 梅小路公園前 大宮 烏丸 四条 河原町 清水道 清水五条
西大路七条 七条大宮・京都水族館前 烏丸七条 七条河原町 東山七条 博物館三十三間堂前 七条
新大阪 梅小路公園・京都鉄道博物館 京都 京都駅前 大津
JR京都線 京都駅 JR琵琶湖線 東福寺
東海道新幹線 九条車庫前 米原
大和西大寺 近鉄奈良線 竹田 奈良 中書島

市バス 循環系統バス 204 205 206
電車 地下鉄 JR 京阪 阪急 近鉄 叡電 嵐電

京都の移動はバスがキホン！

KYOTO ACCESS INFORMATION

本数が多い！

バスで移動

主な観光地をつなぐバスが便利。渋滞に注意！

碁盤の目のような京都の町なかをくまなくめぐるバス。バス路線は複雑なので、あらかじめ路線図で目的地までのルートを頭に入れておこう。昼間でも観光客で混雑しやすいので、車内で邪魔にならない小さな荷物で移動するのがおすすめ。市内を網羅する市バスのほかにも、民営バスなど、行き先に合うバスを利用しよう。

乗り方のキホン

- 後方ドアから乗って、前方ドアから降りる。
- 運賃は後払い。
- 均一運賃区間が設けられている。
- ICOCA、PiTaPa、Suica なども使える。

便利でお得な共通チケット

出町柳から京都・洛北へ	嵐山や龍安寺へ	地下鉄をフル活用	一番人気！バス&地下鉄	対象
叡山電車1日乗車券「ええきっぷ」	嵐電1日フリーきっぷ	地下鉄1日券	地下鉄・バス1日券	チケット名
1200円	700円	800円	1100円	発売額
叡山電車全線	嵐電全線	地下鉄全線	地下鉄全線・市バス全線・西日本JRバス京都バス・京阪バス(一部路線を除く)	利用区間
八瀬・鞍馬方面へ。沿線施設での特典もあり！	社寺の特典割引や粗品進呈など、お得な特典あり！	烏丸線・東西線で利用可。施設で優待あり！	地下鉄とバスでスムーズな移動！約60施設で優待あり！	オススメポイント
出町柳駅、修学院駅、鞍馬駅(9:40～16:30)	嵐山駅、四条大宮駅、帷子ノ辻駅、北野白梅町駅	地下鉄各駅窓口、地下鉄駅券売機(発売日限り有効)、市バス・地下鉄案内所など	地下鉄各駅窓口、市バス・地下鉄案内所、定期券発売所など	販売場所
叡山電車運輸課 075-702-8111	京福電鉄 075-801-2511	市バス・地下鉄案内所 0570-666-846ナビダイヤル	市バス・地下鉄案内所 0570-666-846ナビダイヤル	問い合わせ

京都鉄道路線図

Railway & subway map

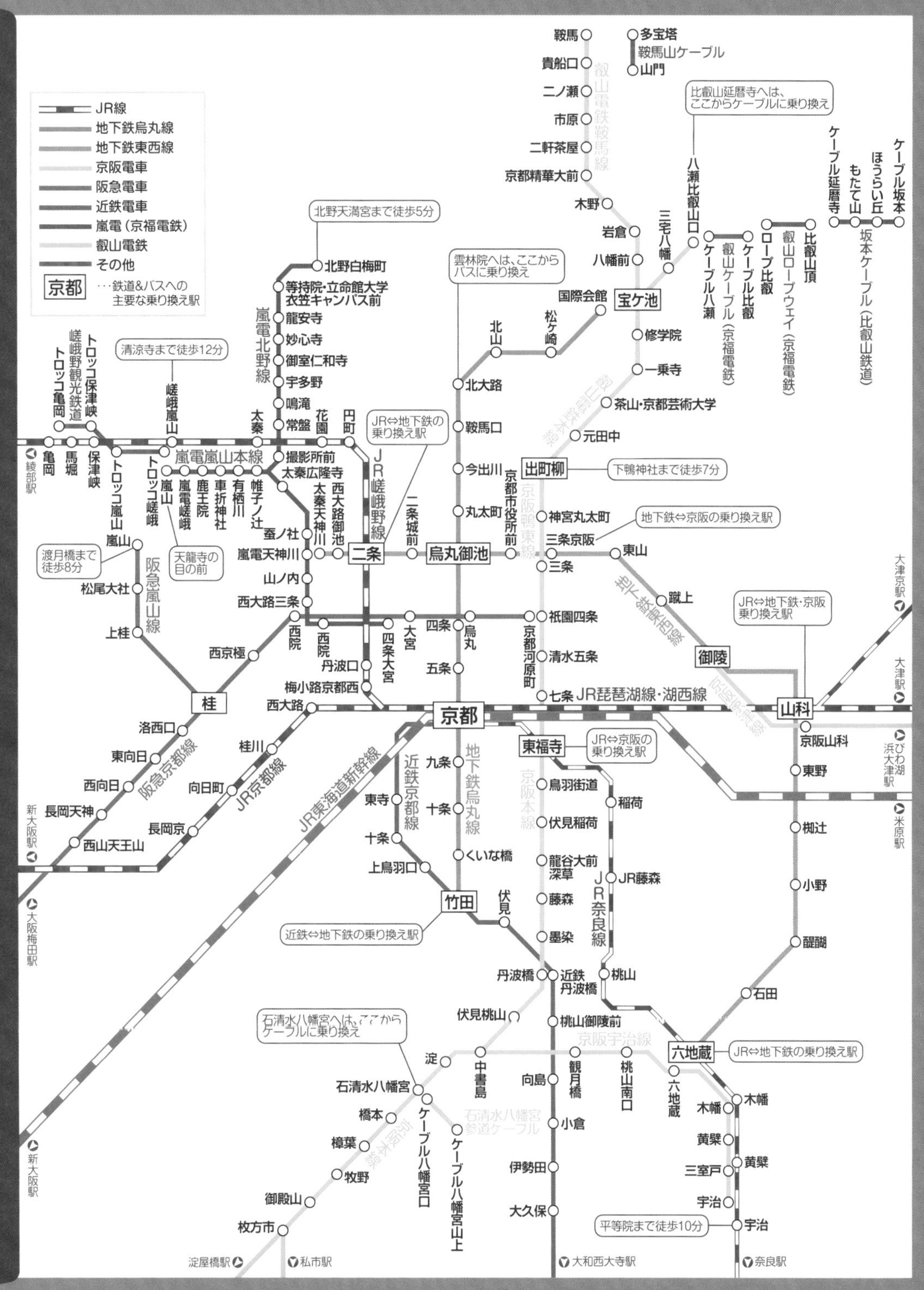

見学

社寺

『源氏絵鑑帖』巻五十四 夢浮橋（宇治市源氏物語ミュージアム蔵）

編集・取材・執筆	深谷美和／片山直子／別所なつみ
写真協力	マツダナオキ／朝日新聞社／関係諸施設
特別協力	宇治市源氏物語ミュージアム
デザイン・イラスト	石嶋弘幸
MAP	s-map
企画・編集	朝日新聞出版 生活・文化編集部 岡本咲／白方美樹

京都たのしい源氏物語さんぽ
2024年2月28日 第1刷発行

編　著 朝日新聞出版
発行者 片桐圭子
発行所 朝日新聞出版
〒104-8011 東京都中央区築地5-3-2
（お問い合わせ）
infojitsuyo@asahi.com
印刷所 大日本印刷株式会社

ISBN 978-4-02-334755-7

EDITOR'S VOICE

宇治市源氏物語ミュージアム
▷P.72・103

宇治市源氏物語ミュージアムの六条院模型は必見！館長さんと学芸員さんのお話もとてもおもしろく、見学とあわせて企画展や講座に行くのも楽しそうです。（編集・深谷）

京都御所
▷P.26

（宮内庁京都事務所）

いつでも参観が可能になった、古の香りを今に伝える素晴らしい京都御所。華やかな源氏物語の世界に思いを馳せつつ、ゆっくりとめぐりましょう！（編集・片山）

風俗博物館
▷P.58

細部まで素晴らしくて見入ってしまいました！撮影時、学生グループや海外の人が熱心に見学していたのも印象的でした。ファン層が幅広いですね。（カメラマン・マツダ）

宇治川
▷P.70

デートで舟乗っちゃうとか今も昔もなんですかね。匂宮は好きじゃないけど、そんないろいろを思いながら散歩するのも楽しいですよね。（デザイナー・石嶋）

廬山寺
▷P.24・96・101

知らなければただ前を通り過ぎていたお寺が、実は紫式部の暮らしていた場所だったとか。そんな発見に満ちているから、京都歩きはやめられません。（企画・岡本）